P9-DVC-866

LOS GEMELOS TAPPER

SE DECLARAN LA GUERRA

ViboraSigilosa999: ¿Eso una antorcha?>>
ViboraSigilosa999: ¿Dónde se siguen?>>
ViboraSigilosa999: ¿POR QUÉ QUEMAS LA CABAÑA?>>

LOS GEMELOS TAPPER

SE DECLARAN LA GUERRA

Yo comí esto...

Kai Kra Prow (pollo con albahaca)...... 8,95 $
Pollo troceado salteado con cebolla, hojas de albahaca y chile picante.

PAPÁ → ¡Paren este mundo, q me bajo!

Remata CLAUDIA ESTAS MUERTAA! #ToleranciaCeroNena

GEOFF RODKEY

<<Monstruoflipao: PIDO TREGUA POR FAVOR!>>
<< Monstruoflipao: NO ME QUEMES EL CASTILLO, TE LO SUPLICO!!!>>
<<Monstruoflipao: TE DARÉ MUCHOS ORROS!!!!>>

lugar de reposo final de la mochila de Reese

mi avatar
(la escopeta no sale)

MuerteInvisible

RBA

Este libro es una obra de ficción. Los nombres, personajes, lugares y situaciones son producto de la imaginación del autor y se utilizan ficticiamente. Cualquier parecido con hechos o lugares o personas reales, vivos o muertos, es pura coincidencia. Todos los nombres de productos y servicios utilizados en esta obra, como ClickChat y MetaWorld son producto de la imaginación del autor y no pretenden representar ningún producto o servicio real.

Título original inglés: *Tapper Twins Go to War*

Publicado de acuerdo con Little, Brown and Company, Nueva York, Nueva York, USA
Las páginas 222 y 223 constituyen una ampliación de esta página de copyright.

Avda. Diagonal, 189 - 08018 Barcelona.
rbalibros.com

Primera edición: abril de 2015.

RBA MOLINO
Ref.: MONL259
ISBN: 978-84-272-0869-8
Depósito legal: B-3.490-2015.

LA HISTORIA OFICIAL Y VERDADERA DE LA GUERRA ENTRE LOS GEMELOS TAPPER (CLAUDIA Y REESE)

recopilada por
Claudia Tapper

A partir de entrevistas realizadas
por Claudia Tapper

Para consultas de prensa, ofertas de
publicación, etc., diríjanse a:
Claudia Tapper (claudaroo@gmail.com)

ÍNDICE

PRÓLOGO

(o sea, donde empieza todo)

CLAUDIA

Las guerras son algo terrible. Eso lo sé porque he leído mucho sobre el tema en la Wikipedia.

Y también lo sé porque acabo de estar en una. Era la guerra entre mi hermano Reese y yo.

A lo mejor eso a ti no te parece una guerra, pero te aseguro que lo ha sido. Y se parecía mucho a otras guerras famosas sobre las que he leído en la Wikipedia.

Como la Segunda Guerra Mundial, mi guerra empezó con un ataque sorpresa a gente pacífica que no lo vio venir (yo).

la cosa fue un poco así:

Como la Primera Guerra Mundial, nadie pensó que duraría tanto y causaría TANTOS problemas, sobre todo a gente totalmente inocente que no se lo merecía (yo).

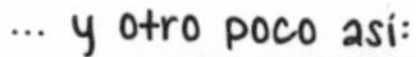

Y, como todas las guerras, cuando acabó, alguien tenía que escribir un libro para contarla (yo), para que los futuros historiadores supieran qué había pasado exactamente y de quién era la culpa (de Reese).

Sobre todo de la parte en la que entró en escena la policía.

REESE

Llamar a eso «guerra» es una chorrada. Pero Claudia siempre hace un drama de todo.

Vale que se nos fue un poco de las manos, pero no se murió nadie.

Menos en MetaWorld. AQUELLO sí que fue una masacre horrible y sangrienta.

No hubo sangre de verdad ni nada de eso. Eran píxeles. Pero da igual, fue muy bestia. Había manchitas rojas de sangre pixelada por toda la pantalla.

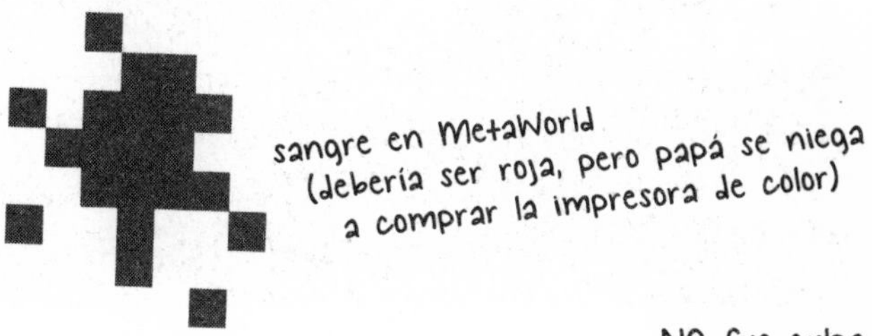

NO fue culpa mía
(véase más arriba)

Además, todo eso fue culpa de Claudia, y NO MOLÓ NADA.

Yo nunca le haría a mi hermana algo tan horrible. JAMÁS. Casi siempre me porto la mar de bien con ella.

Excepto cuando ella se ha portado mal conmigo. Y eso no cuenta.

Tampoco tengo nada que ver con la poli. Eso fue cosa de Claudia. No tengo antecedentes ni nada por el estilo. ¡Lo juro! Llama a la policía si no me crees.

ya te lo diré dentro
de unos años...

NUESTROS PADRES (Mensajes copiados del móvil de mamá)

Claudia dice q está escribiendo un libro sobre el incidente ← MAMÁ

PAPÁ → Una novela?

No. Una crónica. Entrevistas. Como ese libro de zombies. Pero real

Genial! Si lo publican, será muy bueno para las solicitudes d la universidad

Temo salgamos mal parados como padres

Por?

Quiere q participemos

Entrevistarnos? Cuando cierre el trato con Entek quizás. Ahora mismo estoy hasta arriba d trabajo

Entrevista no. Dice q solo quiere reproducir nuestros mensajes

No me gusta

A mí tampoco. Pero ya los tiene todos

Cómo?

Anoche dejé el móvil en el mármol de la cocina

Dile q no

Lo intenté. Se enfadó. Me siento mal

Buf. Vale. Déjale

Seguro?

Sí. Si no nos gusta el libro, la demandamos y paramos la publicación

Ahora no sé si lo dices en broma o no

Yo tampoco

mi padre (aún) no me ha demandado.

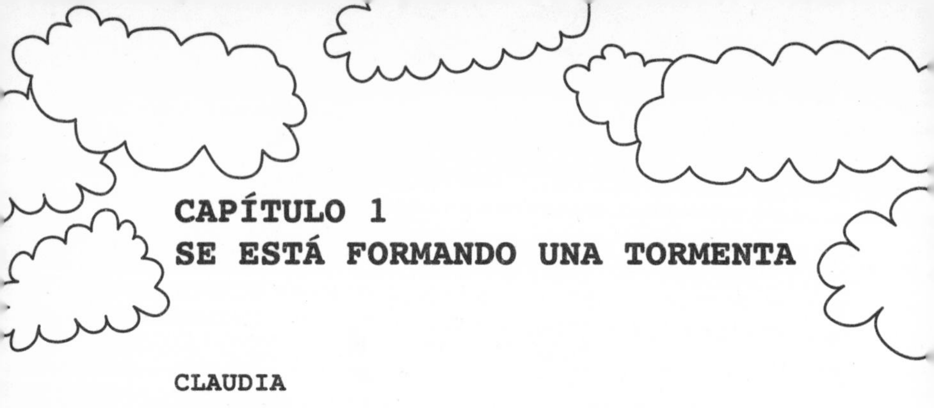

CAPÍTULO 1
SE ESTÁ FORMANDO UNA TORMENTA

CLAUDIA

Te voy a poner en antecedentes sobre La Guerra:

Me llamo Claudia Tapper. Vivo en Nueva York y tengo dos objetivos en la vida: quiero ser cantante famosa (como Miranda Fleet) o presidenta de Estados Unidos.

O, si tengo tiempo, las dos cosas.

Mi hermano se llama Reese. No tiene objetivos en la vida. Excepto ser futbolista profesional, pura utopía.

Por desgracia, somos gemelos. Yo tengo doce años y Reese tiene seis.

Ya sé que estás pensando «¿Cómo? ¿Eso es posible?».

No, no lo es. Reese también tiene doce años.

Pero tiene la mente de un niño de seis años. Un niño de seis años que ha comido muuucho azúcar y no ha echado la siesta, y por eso corre por el apartamento y chuta balones contra la pared y hace ruidos como ¡POING! y ¡FIUUFA!

De verdad que vivir con él es lo más exasperante del mundo. Nuestro piso es más bien pequeño.

Vivimos en el Upper West Side. Pero estudiamos en el colegio Culvert, que está al otro lado de Central Park, en el Upper EAST Side. Mis padres siempre dicen que el Upper West Side es más «práctico». Básicamente eso significa que hay más hamburgueserías y no tantas tiendas de zapatos de 800 dólares (una barbaridad, porque tampoco son tan bonitos).

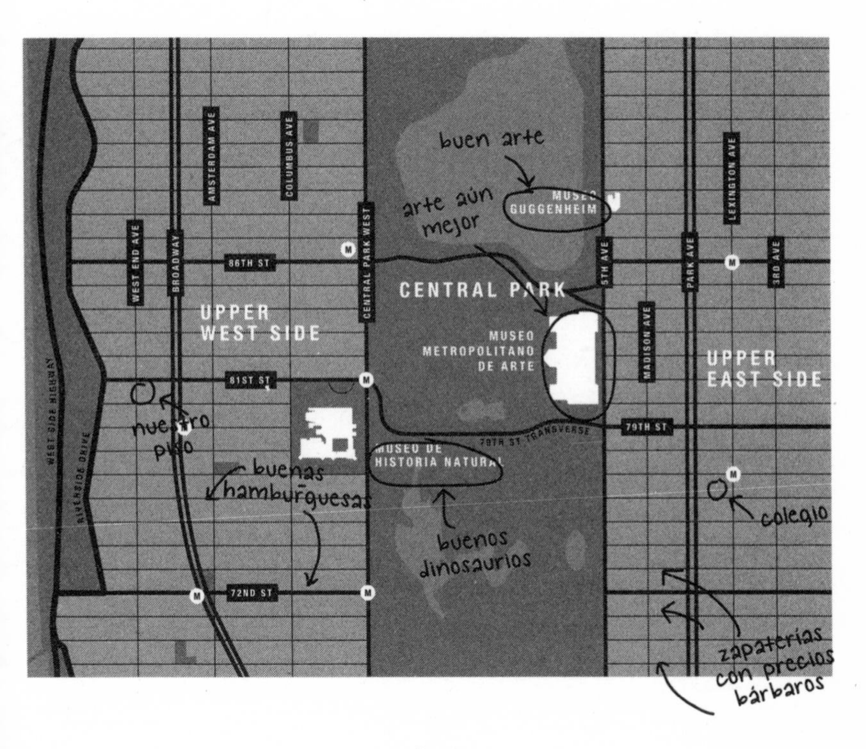

El colegio Culvert es un centro de excelencia académica. Por eso Reese no hubiera podido entrar nunca, si no fuera porque lleva allí desde preescolar. A esa edad es muy difícil saber si un niño acabará siendo un obtuso total.

Mis padres creen que Reese es inteligente y que lo único que tiene que hacer es aplicarse más. Se equivocan, pero no vale la pena discutir con ellos. Si tuvieran que reconocer la verdad sobre lo obtuso que es su hijo, se pondrían muy tristes.

Y mi padre ya lleva bastante tristeza encima, porque es abogado.

Bueno, volvamos al colegio Culvert, que es donde empezó La Guerra.

Colegio Culvert (la mayoría no son obtusos) (menos mi hermano) (y sus amigos)

Concretaré aún más: La Guerra empezó en la cafetería de Culvert el lunes 8 de septiembre, aproximadamente a las 8:27 de la mañana. Justo cuando Reese —delante de prácticamente todos los de primero— me lanzó un ataque sorpresa cruel y sin sentido.

REESE

No empezó en el cole. Empezó aquella mañana en nuestra cocina, cuando Claudia se comió mi pastelito.

nuestra cocina (escenario de la discusión por el pastelito)

estas flores me costaron 5$ en el súper

CLAUDIA

¡Pero qué mentiroso! Y ni siquiera era tuyo.

REESE

¡Sí que lo era! Hay seis por paquete y a cada uno nos tocaban tres. ¡Y yo solo me había comido dos!

CLAUDIA

Como yo, solo me comí dos.

REESE

¡Mentirosa!

CLAUDIA

¡Es verdad! Creo que es papá el que se los come cuando llega por la noche.

REESE

Lo que cuenta es que el que más me gusta es el de canela y azúcar moreno. Y solo quedaba UNO, y era MÍO.

Estaba en la cama pensando «¡Tío, qué ganas tengo de panzar ese pastelito de canela!».

Y cuando entré en la cocina, ¡estabas allí sentada, zampándotelo! Y cuando me enfadé, ¡te reíste de mí!

CLAUDIA

A) «Panzar» no existe. Y B) todo esto es totalmente irrelevante.

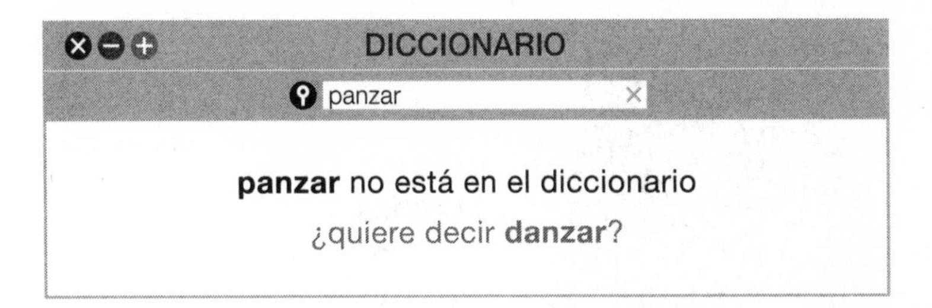

REESE

¡Es muy revelante!

CLAUDIA

Dirás relevante.

REESE

¡Como se diga! ¡Es importante! Yo NUNCA me hubiera burlado de ti en la cafetería si tú no te hubieras comido mi pastelito! ¡Y encima vas y te ríes de mí!

¡Todo fue culpa tuya!

CLAUDIA

Es ridículo. No voy a poner eso en el libro.

REESE

¡Tienes que ponerlo! ¡Todo empezó por ahí!

CLAUDIA

Ni hablar. No pienso ponerlo. Es MI libro.

REESE

Pues entonces paso. Ahí te quedas con tus tontas entrevistas. Me voy a jugar a MetaWorld. escenario de batalla principal (como Las Árdenas o Waterloo)

CLAUDIA

¡Reese!

¡Argh! Vale, lo pondré al final. En forma de nota a pie de página o algo así.

REESE

Ni hablar. Va dentro del libro. Al principio de todo. Esta discusión, tal cual.

CLAUDIA

¡Pero eso lo estropeará todo! ¿No has VISTO nunca una crónica?

REESE

Ni siquiera sé qué es eso.

CLAUDIA

Pues es cuando varias personas cuentan una historia, cada cual a su manera. Pero no se ponen a discutir entre ellas en mitad de la historia. Y MENOS al principio.

REESE

Tú quieres que esto sea un relato verdadero de lo que pasó, ¿no? Y lo estás grabando, ¿verdad? Pues entonces tienes que poner TODO lo que digo. O tu libro es una mentira frikante, y yo paso.

↑ esta palabra tampoco existe

CLAUDIA

¡Te odio!

REESE

Ya ves.

CAPÍTULO 1½
LA TORMENTA SE SIGUE FORMANDO

CLAUDIA

Pido disculpas por el capítulo anterior.

Pero tuve que ponerlo porque Reese habló con un abogado. Y el abogado le dijo que podía negarse a participar en la crónica si yo no ponía nuestra discusión entera tal como la había grabado con el iPad.

Eso es ridículo.

Y estoy segura de que el abogado lo dijo para que Reese se callara, porque estaba muy cansado después de una larga semana haciendo de abogado y lo único que quería era tumbarse en el sofá y dormirse viendo el partido.

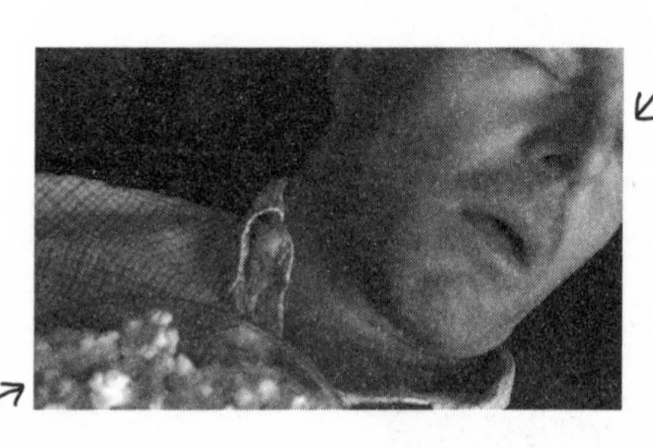

Pero, cuando fui a protestar, el abogado ya estaba roncando, y eso que acababa de empezar la primera parte. Y no le quise despertar porque soy una persona amable y considerada.

Y no pude apelar a una instancia superior, porque mi madre estaba en yoga.

Por eso lo aclaro: aunque aquí ponga «Capítulo 1½», en realidad es el Capítulo 1, y deberías ignorar el otro Capítulo 1.

Volvamos a La Guerra.

No hay acuerdo entre los historiadores sobre dónde empezó. Unos dicen que no empezó a las 8:27 en la cafetería del Culvert, sino una hora antes en la cocina del 6D del 437 de West End Avenue.

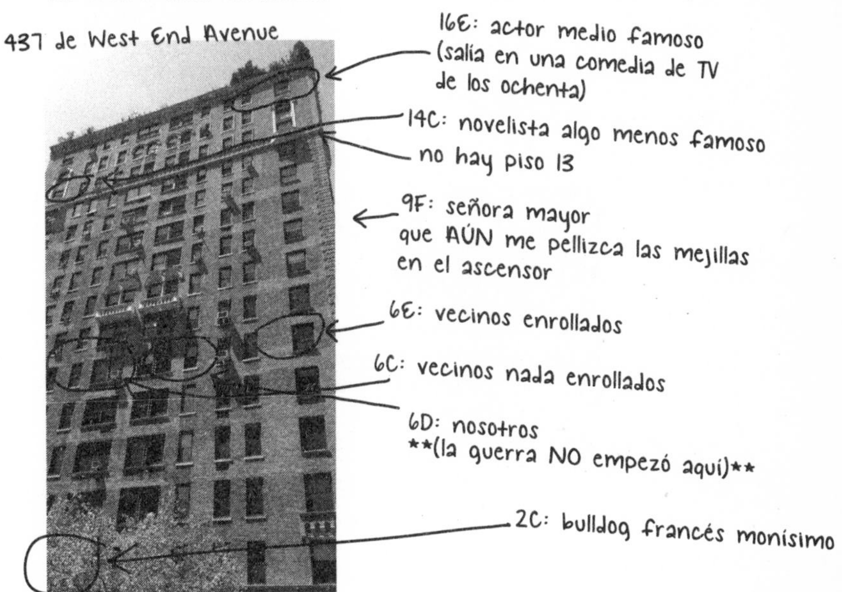

Esos historiadores son burros. Ni siquiera saben contar hasta tres.

Por cierto, tres es el MÁXIMO de pastelitos que he comido en mi vida de una caja de seis.

Pero es igual.

La cosa fue exactamente así:

En primer lugar, es importante saber que a las 8:27 de la mañana de un día laborable cualquiera prácticamente todas las clases de mi curso están en la cafetería. Dicho de otra forma, si quieres lanzar un asqueroso ataque sorpresa a una persona inocente y asegurarte de que lo oye todo el mundo para que la humillación sea lo más grande posible, la cafetería es el lugar ideal.

En segundo lugar, aún es MÁS importante saber esto: yo no fui la que se tiró el pedo.

REESE

Yo sigo creyendo que fuiste tú.

CLAUDIA

¡No fui yo! Y NO vamos a discutirlo ahora.

REESE

Sí, porque la noche anterior cenaste comida tailandesa, que todo el mundo sabe que te hace tirar pedos al día siguiente.

yo comí esto...

Kai Kra Prow (pollo con albahaca).............8,95$
Pollo troceado salteado con cebolla, hojas de albahaca y chile picante.

PERO NO HICE ESTO

Y olía exactamente igual que cuando bajamos del autobús aquella mañana.

CLAUDIA

¡NO PIENSO DISCUTIR ESTO! NO, NO Y ABSOLUTAMENTE NO...

REESE

Y SÉ que te tiraste un pedo en el autobús porque no solo lo olí, también lo OÍ...

CLAUDIA

¡FIN DE LA ENTREVISTA! ¡VOY A CERRAR LA APLICACIÓN DE NOTAS DE VOZ!

CAPÍTULO 1¾
LA TORMENTA DEJA DE FORMARSE Y EMPIEZA A CAER

CLAUDIA

Disculpa otra vez.

He decidido que ni siquiera voy a intentar entrevistar a Reese sobre nada hasta que no llegue al menos al Capítulo 2, porque por ahora lo único que hace es fastidiar mi crónica.

Volvamos a la cafetería.

Yo estaba sentada con Sophie Koh, que es fantástica y ha sido mi única mejor amiga desde que mi mejor amiga original, Meredith Timms, se convirtió en una completa fembot (FEMenina roBOT) y tuve que tomarme unas vacaciones, no solo de ser su mejor amiga sino de ser incluso su amiga, cosa que es muy triste y trágica, pero eso es otra historia.

Sophie y yo estábamos en la mesa del medio, junto a la ventana. Le estaba contando el último episodio de *Tronos de muerte*, porque sus padres consideran que aún es pequeña para verla y en su casa tienen puesto el control parental en el grabador de programas.

De pena. Pero en fin…

Las fembots estaban en su sitio habitual, en la mesa siguiente a la nuestra, hablando de zapatos o clavándose puñales en la espalda o haciendo vete a saber qué. Sophie y yo las llamamos «las fembots» porque todas visten y actúan exactamente igual y no saben pensar solas ni que las maten. Y un día que estábamos con la madre de Sophie hablando de ellas, su padre nos oyó y dijo que parecían fembots, que se ve que son unas chicas robot que salen en una peli que nunca me acuerdo de cómo se llama.

Es igual, porque lo de «fembots» les va que ni pintado. La líder del grupo es Athena Cohen, y es directamente insoportable.

Total, que teníamos a las fembots a un lado y a Reese y los burros de sus amigos del fútbol al otro. Entre ellos Jens Kuypers, que es de los Países Bajos y hacía solo una semana que había entrado en el Culvert.

(se pronuncia «yens»)

Es una pena que Jens se uniera nada más llegar a Reese y a los demás burros futboleros. Porque él no parece para nada un burro futbolero. Para empezar, no va todo el día con el chándal y la sudadera del Manchester United. Lleva ropa normal.

Por ejemplo, el primer día de cole, llevaba unos pantalones verde oscuro muy chulos con una camisa y un chaleco marrón que parecía de piel vuelta, y zapatos de piel marrón que casi hacían juego con el chaleco, aunque no del todo (y suerte que no hacía juego del todo, porque, si no, hubiera parecido un pringado).

Además, Jens tiene los pómulos elevados y una sonrisa muy bonita, y eso lo sé porque me sonrió el primer día cuando hacíamos cola en la cafetería para coger las bandejas y me dejó pasar delante. (Lo que demuestra que además es un chico muy bien educado, nada que ver con ninguno de los otros burros futboleros.)

Y, como Jens es de los Países Bajos —lo que significa que oficialmente es holandés—, tiene un acento superGUAY.

Pero, aunque Jens no tiene nada que ver con los burros futboleros, supongo que empezó a salir con ellos porque juega superbien a fútbol. Bueno, yo no tengo ni idea, pero eso es lo que dice Reese. Y tiene sentido, porque a Jens se le ve muy en forma.

Total, que Sophie y yo estábamos en la mesa de en medio, entre las fembots y los burros futboleros. En la punta de nuestra mesa había otros alumnos, como Kalisha, Charlotte y Max, pero esos no son importantes para La Guerra.

Aunque es posible de que fuera uno de ellos quien se tiró el pedo.

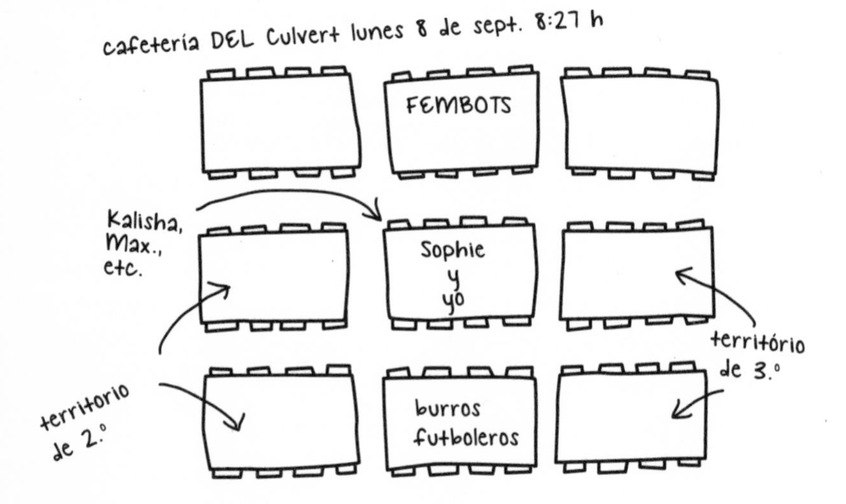

Sophie y yo olimos el pedo casi exactamente en el mismo momento. Sophie arrugó la cara y se tapó la nariz, y yo hice lo mismo, y las dos dijimos: «¡Puaj!». Pero no muy alto, porque Sophie y yo somos lo bastante maduras como para saber que, cuando a alguien se le escapa un pedo, lo más educado es no mencionarlo y simplemente dejar de respirar un rato hasta que se va el olor.

Por desgracia, somos las únicas personas maduras de todo primero.

Y el pedo era de los contundentes, así que todo el mundo lo olió.

Al segundo, Athena Cohen se levantó de un salto de su asiento en plan teatrero y gritó: «¡Buah, QUÉ asco! Pero ¿quién ha sido?».

Todos los burros futboleros se pusieron a saltar y a poner caras, y de repente Reese me señaló y gritó: «¡HAS SIDO TÚ!».

Eso no solo fue muy inmaduro, sino totalmente injusto. Porque, insisto, definitivamente NO fui yo. Y punto.

Así que contesté (con madurez y calma, a pesar de todo): «No, yo no he sido».

Pero Reese no paró. Tapándose la nariz con una mano mientras me señalaba con la otra, gritó, poniendo una voz muy fuerte y repugnante: «¡CONFESADLO DE UNA VEZ, SU ALTEZA DEL PEDO REAL!».

Y, prueba definitiva de la total inmadurez de nuestro curso: todos empezaron a partirse de risa. Los burros futboleros, las fembots, hasta Charlotte y Max desde la otra punta.

No importó que yo fuera inocente, o que lo de «Su Alteza del Pedo Real» no tuviera la más mínima gracia. El mundo entero, o al menos todo primero, estaba riéndose de mí por algo QUE NI SIQUIERA HABÍA HECHO.

Y todo por culpa de Reese.

Por si no os habíais dado cuenta, esto fue el principio de La Guerra.

Fue exactamente igual que el ataque sorpresa a Pearl Harbor que metió a Estados Unidos en la Segunda Guerra Mundial.

Vale, igual IGUAL no, porque aquí no hubo bombas, ni barcos ni aviones, y tampoco se murió nadie. Pero eso no quita que fuera horrible y cruel y totalmente injusto. Yo me había quedado tan alucinada y tan dolida que lo único que pude decir fue: «¡Venga ya, Reese! ¡Crece un poco!».

O algo así. No me acuerdo muy bien porque lo pasé tan mal que mis recuerdos se mezclan y confunden (creo que esto es a lo que se refieren los historiadores cuando hablan de la «niebla de guerra»).

Lo que SÍ recuerdo es que tuve que agarrarme a la mochila y hacer como que me iba cuando en realidad lo que intentaba era llegar al baño de chicas lo antes posible para no llorar delante de todos.

Para que veas si la cosa fue cruel y horrible. Me hizo llorar.

Como es muy buena amiga, Sophie me acompañó al baño.

SOPHIE KOH, mejor amiga de víctima inocente

Estabas muy disgustada. Jens estaba delante cuando Reese dijo aquello y…

CLAUDIA

No era por Jens. ¡Es que todo el mundo, pero TODO EL MUNDO se rio de mí!

SOPHIE

Bueno, al final sí que estabas preocupada por todo el mundo. Pero al principio solo decías: «¿Qué va a pensar Jens…?». ¿Por qué me haces ese gesto con la mano? ¿Qué quieres decir?

¡Aaaaah!

no tengo NI IDEA de qué está hablando Sophie

Vale, perdón.

Sí, bueno… claro, no era por Jens. Para nada. Era por… er…

CLAUDIA

Por TODO EL MUNDO.

SOPHIE

Claro, claro. Recuerdo que estabas

llorando y… Un momento, ¿eso sí que puedo decirlo? ¿Que estabas llorando?

CLAUDIA

Sí.

SOPHIE

Vale. Pues eso, que estabas llorando y estabas en plan… preocupada por si todo el mundo te empezaba a llamar «Su Alteza del Pedo Real» para el resto de tu vida.

CLAUDIA

Porque es que podría haber pasado. ¿Te acuerdas de lo que le pasó a Dom hara un par de cursos?

mejor no preguntes, es asqueroso

SOPHIE

Oh, sí. La gente TODAVÍA lo llama a veces «Dom Pelotillas». Claro, claro, entiendo que estuvieras tan preocupada.

CLAUDIA

¡Y sí que pasó! James Mantolini me llamó «Su Alteza del Pedo Real» casi, casi hasta Halloween.

SOPHIE

Sí, pero James es idiota. No le cae bien ni a los chicos.

CLAUDIA

¿Y te acuerdas de lo que hicieron Athena y Clarissa en la cafetería? ¿Cuando dijeron que «Su Alteza del Pedo Real» era muy largo e inventaron lo de «Pedorreina»? ¿Y luego intentaron que todo el mundo me llamara así?

SOPHIE

¡Uf! ¡Esas cutres! Pero al final solo te llamaron «Pedorreina» un día.

CLAUDIA

¡Qué va! Fue mucho más tiempo. Prácticamente toda la semana. Y el primer día fue HORRIBLE. Estaba convencida de que me iba a dejar marcada de por vida.

SOPHIE

Lo sé, lo sé y lo siento mucho. Estabas fatal cuando fuimos al baño. Un poco más y llegamos tarde a clase porque no había forma de que pararas de llorar.

CLAUDIA

Fuiste MUY buena amiga. De no ser por ti, aún estaría en el baño llorando. ¿Recuerdas lo que me dijiste para que dejara de llorar?

SOPHIE

Sí. Te dije: «No te preocupes. Planearemos ALGO GRANDE para vengarnos del burro de tu hermano».

Sí, eso te ayudó mucho. En plan… cuando empezaste a pensar en cómo vengarte de Reese, dejaste de llorar.

Y luego se te empezó a ir un poco la olla con el tema.

CAPÍTULO 2
LA DIPLOMACIA PACÍFICA FRACASA POR COMPLETO

CLAUDIA

Llegados a este punto, es importante señalar que, aunque sufrí un ataque sorpresa cruel y emocionalmente demoledor, mi contraataque no fue inmediato.

Verás, yo soy una persona la mar de pacífica. Por eso no entré en guerra hasta no haber hecho todo lo posible para resolver la crisis mediante la diplomacia pacífica.

REESE

Lo que hiciste fue intentar meterme en líos.

CLAUDIA

No es cierto. Reese se metió en líos él SOLITO cuando me atacó. Yo lo único que hice fue explicarle con mucha calma la situación a Ashley cuando vino a buscarnos aquel día.

Ashley es nuestra canguro.

Claro que «canguro» no es la palabra más adecuada para definir su trabajo. En mi caso, soy lo bastante madura y responsable para NO NECESITAR en absoluto a ninguna canguro. (Lo de Reese es otra historia, porque es como un niño y necesita vigilancia constante, no vaya a ser que prenda fuego al piso o algo por el estilo.)

Más que una canguro, Ashley es como una madre sustituta. Hace todo lo que mis padres no pueden hacer cuando están trabajando, como preparar la cena, gritar a Reese para que haga los deberes o estar pendiente de lo que necesitemos.

Bueno, eso es lo que se supone que hace. Para ser totalmente sincera, la verdad es que Ashley no es muy buena en su trabajo. Se pasa el noventa por ciento del tiempo mirando el móvil y casi todo el diez por ciento restante tocándose el pelo.

Pero es MUY maja. Y me deja ver *Tronos de muerte*. O sea que yo encantada con ella.

Es un poco ridículo que aún nos recoja al salir del cole, pero en fin.

ASHLEY O'ROURKE, canguro/madre sustituta

Espera, antes de empezar: si se publica este libro, ¿podrás decir que soy actriz aspirante a Broadway y que tengo formación de voz y de teatro?

CLAUDIA

No es muy apropiado, pero vale.

retrato de Ashley.
En la vida real
es igual... casi.

para contratarla
como actriz (o canguro):
AshleyOnBroadway@gmail.com

ASHLEY

¡Gracias, Claude, eres la mejor!

Pues, a ver, déjame recordar… os fui a buscar, superpuntual…

CLAUDIA

Para variar.

ASHLEY

¡Va, para! Subimos al M79… Espera, no, fue antes. Estábamos esperando el autobús y me contaste que Reese te había acusado delante de todo el mundo de tirarte un pedo. Y que había sido muy humillante y que tendrían que cambiarte de cole de tanta vergüenza que ibas a pasar, y que había que castigar a Reese como mínimo un año entero.

Autobús M79: 15 min/día ida y vuelta al cole = 570 horas de mi vida pasadas aquí (hasta ahora)

Así que le dije a Reese que tenía que pedirte perdón. Y él dijo algo así como: «Lo siento, siento que no puedas aguantar una broma».

Y eso lo empeoró todo, porque te pusiste como una loca. Y cuando subimos al autobús no parabais de pelearos. En fin, toda la gente mayor que iba sentada delante, girándose a ver qué pasaba...

Y entonces escribí un mail a tu madre.

ASHLEY (Mail dirigido a mamá)

pelea de gemelos

De: AshleyOnBroadway@gmail.com
Para: jpomeroy@scrimper.com
Fecha: 08/09/14 15:02:04
Asunto: pelea de gemelos

Hola, J. Perdona pero ha habido una GRAN PELEA entre los gemelos pq R le ha hecho una broma a C delante d los niños del cole. C está muy enfadada.

He dicho a R q tiene q respetar a C y C q no tiene q exagerar como hablamos este verano.

No me escuchan. Les llamas cuando lleguemos a casa?

Una cosa: has comprado salchichas d pavo antes d irte o compro yo más?

Grax
Ash

NUESTROS PADRES (Mensajes del móvil)

Mail d Ashley. Reese le ha gastado una broma a Claudia en el cole y está muy enfadada. Puedes llegar antes para el sermón «cuida de tu hermana»?

PAPÁ

Tengo q acabar el informe hoy. No llego hasta las 11. No puedes tú?

ESTOY EN CALIFORNIA HASTA EL VIERNES

Vaya. Es verdad. Iré a casa y trabajaré desde allí

Q te lo cuenten todo. Si la culpa es d Reese, quítale MetaWorld mín. 24 h

Cómo?

Me lo preguntas?

MetaWorld es algo del ordenador, no?

Por favor. Q triste. Tu hijo solo habla d eso y d fútbol

Sé q es algo del ordenador! Pero no sé cómo se quita. Escondo el portátil?

Sí. Pregunta a Ashley. Una analfabeta, por cierto. Da miedo q sea ella la responsable d nuestro hogar

Al menos no les deja ver *Tronos de muerte*

CLAUDIA

Aquel día mi padre llegó a casa a las 20:30. Demasiado pronto para él. Por eso supuse que Reese lo tenía crudo.

Y estoy convencida de que, si mi madre no hubiera estado de viaje, Reese lo HABRÍA tenido muy crudo, porque, en lo que se refiere a castigos, ella es mucho más dura que mi padre. Pero mi madre trabaja para una empresa de Internet muy pequeña que está intentando convencer a una empresa de Internet muy grande de que la compre, y por eso pasó toda la semana en California.

Logotipo de la empresa de mamá. No sé muy bien qué hacen. ¿«E-comercio»?

Creo que ese viaje de trabajo pasará a la historia como una de esas cosas muy desafortunadas que, si no hubieran ocurrido, habrían ahorrado a la gente muchos problemas. Un poco como aquel archiduque (está en la Wikipedia), que si no le hubieran pegado un tiro y no lo hubieran asesinado, quizá nos habríamos ahorrado la Primera Guerra Mundial.

Imagen del archiduque antes de que le asesinaran. El sombrero es ALUCINANTE.

Porque en esos momentos aún no había empezado propiamente La Guerra. Solo se trataba de La Cosa Increíblemente Cruel que Reese había hecho en la Cafetería.

Y si mis padres lo hubieran castigado lo suficiente (por ejemplo, prohibiéndole TODOS los aparatos electrónicos una semana entera, no solo el portátil sino también el iPad, la Xbox, la tele y hasta la DSi totalmente anticuada con la que solo juega cuando le quitan todo lo demás), yo no habría tenido que tomarme la justicia por mi mano.

Pero después de explicarle a mi padre lo que había pasado, obligó a Reese a pedir perdón —un perdón poco creíble porque papá estaba delante—, y luego dictó la siguiente sentencia:

Un día entero sin portátil.

¡Un castigo RIDÍCULO!

Reese solo utiliza su portátil (sin contar los deberes, que deja sin hacer la mitad del tiempo) para MetaWorld. Y cuando mis padres se lo quitan, juega con la versión para móvil de su iPad. Pero es que encima les dice que lo necesita para hacer los deberes, y ellos acaban devolviéndoselo antes de que acabe el castigo.

Me quejé a mi padre, pero no cambió de opinión.

Entonces mandé un mail a mi madre, pero me dijo que la decisión era de papá.

De manera que la diplomacia fracasó. Era evidente que la única forma de que se hiciera justicia era si la buscaba yo misma.

Y eso quería decir venganza.

CAPÍTULO 3
OPERACIÓN VENGANZA MALOLIENTE

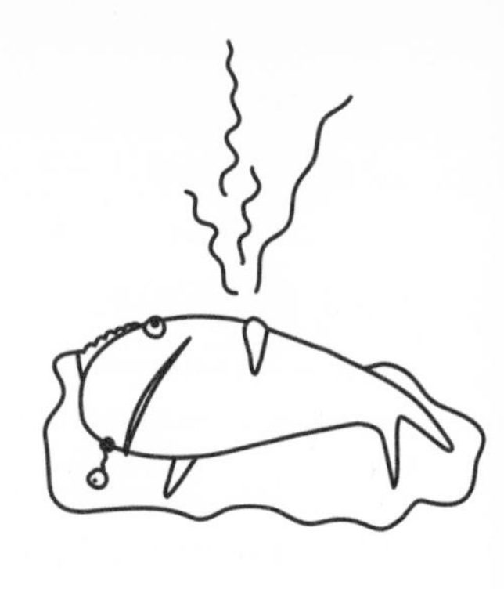

CLAUDIA

Te cuento en qué estaba pensando cuando se me ocurrió la Operación Venganza Maloliente:

Reese me había acusado delante de todos de dejar la cafetería con un olor apestoso, lo cual era totalmente falso. Por eso pensé que, si yo conseguía que él apestara DE VERDAD, todo el mundo sentiría asco y se reiría de él y así se daría cuenta de lo mal que lo había pasado yo.

No solo era una idea apropiada, sino que además serviría de lección.

Y la mejor manera que se me ocurrió de hacer que Reese apestara era escondiendo un pescado en su mochila.

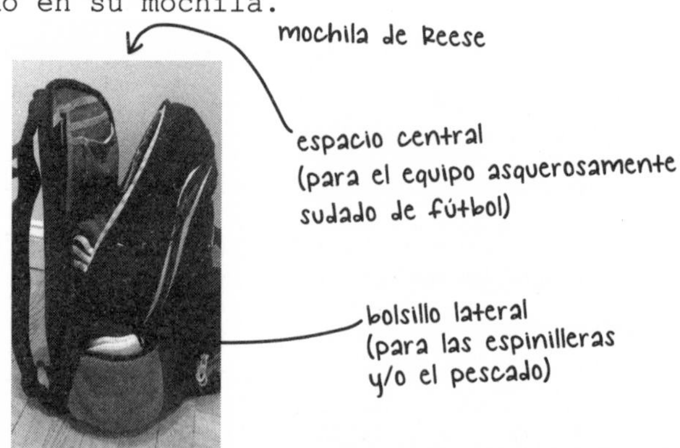

Reese lleva la mochila a todas partes, por lo que era casi tan bueno como escondérselo en los pantalones. Y mucho menos complicado.

La gran pregunta era dónde conseguir el pescado. Yo quería ir a Chinatown, porque allí venden peces a toneladas, y la mayoría son peces muertos, o sea, pescados. Además son muy baratos. Y se pueden encontrar algunos tipos muy exóticos, como los pulpos. (técnicamente, no es un pez)

Pero era lunes por la noche, y los martes tengo guitarra y los miércoles, Consejo de Alumnos. Hasta el jueves no podría ir a Chinatown, y eso solo si lograba convencer a Ashley de que me llevara hasta allí, porque mis padres no me dejan ir en metro sola.

Lo cual, por cierto, es una tontería mayúscula, ya que a) de hecho el metro es muy seguro porque la mitad de los tipos con mala pinta que hay sentados en el andén son polis de la secreta; y b) yo sé sujetar las llaves de casa con el puño para que salgan las puntas entre los dedos y pueda sacar los ojos a quien se atreva a meterse conmigo. Pero en fin.

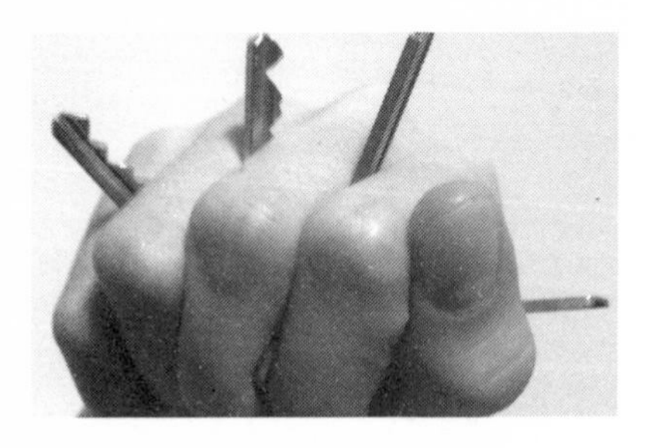

llaves de casa =
arma letal perfecta
(sobre todo en el metro)

Pero no podía esperar al jueves para vengarme. ¿Conoces ese dicho de «la venganza es un plato que se sirve frío»? Pues está muy equivocado. Personalmente, creo que es mucho mejor servirla calentada con el calor de tu rabia. De paso te ahorras llevarla mucho tiempo reprimida dentro de ti, que eso no es sano para el cuerpo. Total, que decidí ir al Zabar's, porque está cerca, en Broadway Avenue con la calle 80, y tiene montones de pescado.

Zabar's. Prueba el babka de chocolate.
Es increíble.

Sophie me iba a ayudar a elegir el pescado, pero el martes no podía.

SOPHIE

El martes lo tengo a tope. Tengo ballet Y violín.

CLAUDIA

Sophie hace demasiadas extraescolares.

Total, que aquel día me llevé 20 dólares de lo que me dieron para mi cumple y, cuando Ashley me recogió de clase de guitarra, le dije que quería merendar algo, pero que podía ir al Zabar's perfectamente sola y ya nos veríamos luego en casa.

A Ashley le pareció bien. Cosas como esta son las que hacen que me cuestione su sentido común, pero, ya que me sirven para poder ir a comprar un pescado y meterlo luego en la mochila de mi hermano, no me quejaré.

Al final compré una dorada, porque es un pescado de los feos y solo estaba a 11,99 el kilo. La que compré pesaba 680 gramos y me costó 8,94 dólares.

dorada: mala pinta, peor olor

De camino a casa, olí la bolsa un par de veces, y ya olía fatal. O sea, perfecto.

Meter el pescado en la mochila de Reese fue fácil. Cuando llega a casa después de fútbol, la tira al armario de los abrigos que hay junto a la puerta. Me esperé a que fuera a ducharse y a que Ashley se pusiera a hacer la cena. Y me dirigí al armario.

Saqué la mochila, abrí la cremallera del bolsillo lateral donde Reese guarda sus espinilleras (que, por cierto, olían peor que el pescado), y abrí la bolsa del Zabar's.

El pescado iba metido en una bolsa hermética, y sacarlo sin pringarme iba a ser toda una hazaña. Encima, el corazón me iba a mil por hora, y cuando a Ashley se le cayó una cazuela en la cocina, casi dejé caer el pescado del susto que me llevé. Pero conseguí colarlo detrás de las espinilleras, cerrar la cremallera y tirar la mochila dentro del armario.

Luego salí al rellano de la escalera y eché la bolsa del Zabar's por el bajante de la compactadora de basura para deshacerme de la prueba.

bajante de compactadora de basura (aquí me deshice de la prueba)

¡Misión cumplida!

Ahora ya solo me quedaba esperar hasta el día siguiente: el pescado empezaría a oler mal en mitad del cole y Reese acabaría humillado.

Jamás se me pasó por la cabeza la posibilidad de que mi hermano fuera tan inútil como para llevar un pescado pudriéndose una semana entera en la mochila sin darse cuenta.

Pero lo fue.

REESE

Es que ese bolsillo solo lo utilizo para guardar las espinilleras. Y, como el jueves no tocaba partido de entrenamiento, no tenía por qué abrirlo hasta el sábado.

¿Qué esperabas? ¿Que dijera: «Tío, casi que voy a registrar todos los bolsillos de la mochila no sea que alguien me haya plancado un pescado ahí dentro»?

no existe

Vaya, el olor tampoco era para tanto los dos primeros días.

CLAUDIA

Pero ¿qué dices? Apestaba desde el primer momento. A la mañana siguiente, todo el armario de la entrada olía tan mal que pensé que habría que tirar todos los abrigos. Luego lo olí en la cafetería del cole, que estaba a reventar antes de la primera clase. Pero, como parecía que nadie más se daba cuenta, y yo quería que lo descubrieran y echaran la culpa a Reese, me callé la boca.

Cuando llegué aquella tarde a casa, después de la reunión del Consejo de Alumnos, Reese ya había metido la mochila en el armario. Olía tan mal allí dentro que cogí mis abrigos y me los llevé a mi armario. Me supo mal dejar los de los demás, pero, si me los llevaba, hubiera sido muy sospechoso.

Eso fue el miércoles.

El jueves por la mañana ni me acerqué al armario, porque me daba demasiado miedo ver cómo olía. Pero durante todo el trayecto del autobús no dejé de oler el pescado, y en la cafetería igual.

Aquella peste tumbaba, de verdad.

Y, sin embargo, nadie parecía notarlo. Y eso empezaba a molestarme mucho.

REESE

Un día sí que empecé a notar un olor como de pescado. Pero era como cuando vas a algún sitio al lado del mar y todo huele así. Pensé que, como Nueva York está cerca del mar, por eso olía mal.

me sorprende mucho que Reese sepa esto

Hubo más gente que lo olió. Como la señora Berner, que empezó a olfatear el jueves en su clase de lengua y dijo:

«¿Quién acaba de bajar de un barco de pesca?».

Ese mismo día, Kalisha Hendricks, que se sienta detrás de mí en mates, me pinchó con el dedo y me dijo: «¿Eres tú el de la peste?».

Yo me olí el sobaco y le dije: «¿Huele a hombre?».

Y ella contestó: «Sí, a Hombre Rana».

Luego olfateó el aire y añadió: «Hombre Rana MUERTO».

Eso tuvo su gracia. La verdad es que con Kalisha te partes. Y encima es muy buena en mates. Ojalá se sentara DELANTE de mí, para poder copiarme de ella sin tener que darme la vuelta.

Bueno, el caso es que el jueves el tufo del pescado ya no se aguantaba. En el vestuario de fútbol todo el mundo acusaba al que tenía al lado de la peste que echaban sus zapatillas.

Pero eso también tuvo gracia.

CLAUDIA

El jueves por la noche vi que la Operación Venganza Maloliente se volvía contra mí. NO podía creer que mi hermano fuera tan inútil.

Y estaba muy preocupada por el resto de abrigos del armario de la entrada.

Poco antes de cenar, bajé sin que me vieran y cogí la mochila de Reese. De tan mal que olía me habría rendido ahí mismo y me habría deshecho del pescado, pero la sola idea de abrir la cremallera me daba demasiado asco. Por eso saqué la mochila del piso y la dejé en la escalera de emergencia del edificio.

El viernes por la mañana, me levanté superpronto para devolver la mochila al armario y toda la escalera olía como una pescadería de Chinatown.

Supongo que mi padre abrió el armario de la entrada, por primera vez desde el martes, cuando ya nos habíamos ido al cole.

NUESTROS PADRES (Mensajes del móvil)

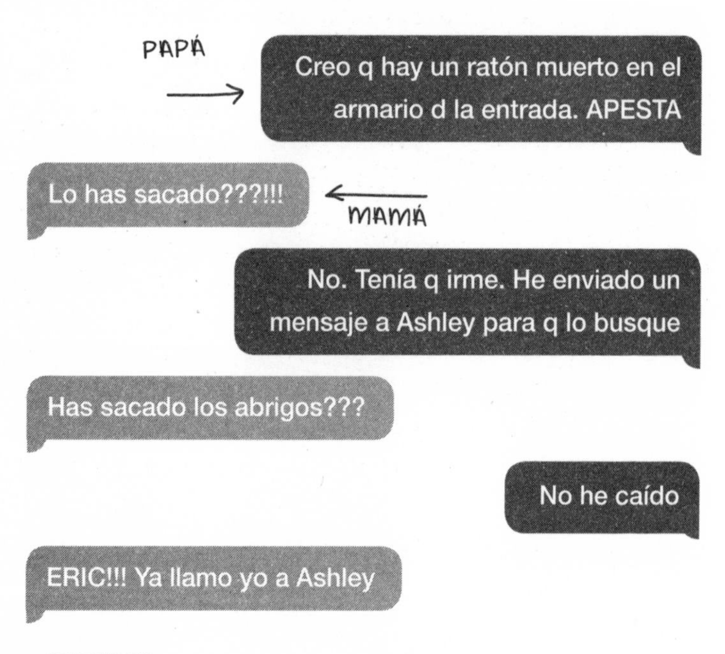

CLAUDIA

El viernes por la mañana en la cafetería, estaba segura de que Reese iba a tener por fin su merecido. Pero, aunque todo el mundo notaba ya la peste, nadie lo descubrió.

Al parecer todo el mundo suponía que

venía de la parte de los burros futboleros. Hasta Athena Cohen les echó un discurso sobre su falta de higiene. Pero eso fue lo más cerca que estuvo Reese de que le culparan.

Empecé a dirigir a la gente. Incluso llegué a decir: «¡Mira que si eres TÚ el que apesta…!».

Pero entonces el burro de su amigo Wyatt dijo: «¡Mira quién habla, Su Alteza del Pedo Real!».

Así que tuve que dar un paso atrás.

SOPHIE

El viernes por la mañana el TUFO era espantoso. Nos partíamos de risa porque nadie conseguía adivinar de dónde venía.

Bueno, tú no te reías tanto. Estabas más bien histérica.

CLAUDIA

Estaba histérica y preocupada a la vez, porque no sabía cómo iba a acabar la cosa.

REESE

En clase de mates, la señorita Santiago trajo a otros dos profes para que le ayudaran a averiguar de dónde venía el olor, y empezaron a pasearse por la clase olisqueándolo todo.

En clase de lengua también hicieron lo mismo. Como James Mantolini va conmigo a esas dos clases, yo siempre pensé que era él. Era totalmente capaz de oler a pescado a posta, es de ese tipo de gente.

CLAUDIA

Cuando llegué a casa el viernes por la tarde, Ashley había vaciado el armario de la entrada, y todos los abrigos estaban en un par de pilas amontonadas sobre el sofá.

Todos olían a pescado. Ashley había abierto las ventanas, pero yo ya empezaba a temblar pensando que todo aquello iba a acabar causándome muchos problemas.

Por suerte, Reese tenía un partido de fútbol en Brooklyn a primera hora del sábado. Como les iba a llevar la madre de Wyatt Templeman, se quedó a dormir en su casa y se llevó con él la mochila.

REESE

La madre de Wyatt es bastante estirada,

y tiene la casa superlimpia. Por eso protestó por el olor en cuanto puse el pie en la entrada.

casa real de Wyatt Templeman (para Nueva York, grandísima: su padre es un inversor de los gordos)

Dejé la mochila en el cuarto de Wyatt. Luego bajamos a la cocina a picar algo, pero solo tenían fruta y unas palomitas orgánicas que sabían a cartón.

Estábamos comiendo el cartón cuando oí gritar a la madre de Wyatt.

Y luego oímos un gran PLAM PATAPLAM PLAM PATAPLAM por las escaleras, y un segundo después la madre de Wyatt cruzaba corriendo la cocina gritando ¡AAAAAH! y sujetando mi mochila delante de ella.

Salió directamente por la puerta del patio. En Nueva York casi nadie tiene patio, así que uno piensa «¡Qué guay que Wyatt lo tenga!». Pero es que el patio de Wyatt solo tiene plantas y muebles, y si nos ponemos a jugar a fútbol, su madre nos echa bronca.

O sea que de guay nada.

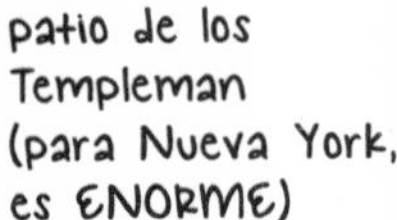
patio de los Templeman (para Nueva York, es ENORME)

Total, que seguimos a la madre de Wyatt para ver por qué gritaba tanto. Vimos la mochila en mitad del patio y a ella alejándose y tapándose la boca como si fuera a vomitar.

Me preguntó: «Reese, ¿qué es ESO que llevas en la mochila?».

Y yo contesté: «¿El qué?».

Y ella señaló dentro y dijo: «ESO».

Así que me acerqué y miré en el bolsillo lateral, y entonces vi el pescado.

Era bastante asqueroso.

Primero creo que dije: «¡Puaj!».

Luego dije: «Aaah. Eso explica el olor tan extraño».

Y después dije: «¿Cómo ha llegado ese pescado a mi mochila?».

Pensé que a lo mejor había saltado. Pero es que hacía mucho tiempo que yo no pasaba junto a un río.

Luego, la madre de Wyatt cogió una bolsa de basura.

Bueno, no. Antes llamó a mi madre.

NUESTROS PADRES (Mensajes del móvil)

Acaba d llamar Ellen T: la peste del armario es seguramente d pescado en mochila d Reese

Q???

Llámame

T llamo

CAPÍTULO 4
SECUELAS MALOLIENTES

CLAUDIA

Hay un problema que se repite en todas las guerras: a veces hay víctimas civiles inocentes. En este caso, la víctima inocente fue la mochila de Reese.

Y supongo que la madre de Wyatt.

Pero la que me da más pena es la mochila.

Y las espinilleras.

REESE

Por mí, no habría tirado las espinilleras. No era como para darlas por inútiles. Simplemente habían pasado un par de días junto a un pescado podrido.

Pero la madre de Wyatt ni me las dejó sacar de la mochila. Me obligó a sacar todo lo demás y lo metió en la lavadora. Luego me hizo poner la mochila en una bolsa de la basura y cerrarla bien, y nos mandó a Wyatt y a mí a tirarla a la papelera de la esquina para que la peste no invadiera la casa.

lugar de reposo final
de la mochila de Reese

Intenté convencerla, pero me dijo que ya había llamado a mi madre y que estaba de acuerdo en tirar la mochila.

En la calle, Wyatt y yo abrimos la bolsa para echar otro vistazo al pescado. Era muy asqueroso. Wyatt me retó a que lo tocara y yo iba a sacarlo y a tirárselo encima para reírnos un rato. Pero la madre de Wyatt nos pegó un grito desde los escalones de su casa y tuvimos que cortar en seco.

Después nos arrastró hasta la tienda de deportes Modell y me compró unas espinilleras. Me sentía fatal, porque se la veía bastante enfadada.

Aunque me había quedado sin mi mochila

y mis espinilleras, al principio no estaba muy enfadado. Aunque no entendía de dónde había podido salir aquel pescado. Al día siguiente, en el partido —ganamos al FC Riverdale por 4 a 1, y di una asistencia alucinante—, pregunté a los demás. Nadie tenía ni idea. Pero Xander dijo que debía de haber hecho enfadar a la mafia, porque cuando van a matar a alguien le envían un pescado.

Xander es el DEMONIO. Luego cuent más sobre

Eso me dejó preocupado. No conozco a nadie en la mafia, pero creo que James Mantolini es italiano, y que está bastante loco. Por eso le pregunté a mi padre después del partido. Me dijo que era imposible que Mantolini planeara matarme, y que simplemente alguien me había gastado una broma.

También me dijo que no es enrollado pensar que alguien es de la mafia solo porque es italiano.

De camino a casa, me llevó a comprar una mochila. Ahí es cuando me enfadé DE VERDAD, porque resultó que ya no venden mi modelo de mochila y que la versión nueva solo tiene un bolsillo lateral. Y ahora tendré que llevar la botella de agua dentro de la mochila, y lo salpicoteará todo y me mojará todos los deberes.

no existe

Entonces decidí que tenía que descubrir quién había metido el pescado en mi mochila. Porque no me había dado cuenta de lo guapa que era mi mochila hasta que ya no la tuve.

Y ahora tenía que vengar su muerte.

CLAUDIA

Una vez me dejé mi bolso favorito en el autobús M79, o sea que ya sé lo que es perder algo que es muy importante para ti, como lo era la mochila para Reese.

Ahora me siento mal. Si tuviera que volver a hacerlo, pensaría mucho mejor las consecuencias que podría tener para la mochila meter el pescado dentro.

También pensaría mucho mejor mi respuesta en el caso de que alguien me preguntara por el tema. Porque para mí, ser sincera y que puedan confiar en mí es SUPERIMPORTANTE. Esa gente que va por ahí mintiendo —como mi antigua mejor amiga, Meredith Timms— es lo peor del mundo.

Pero yo NO soy como ellas. Yo no digo mentiras. Nunca.

Menos esta vez.

El viernes por la noche, cuando volvió

a casa, mi padre me preguntó cómo había podido llegar un pescado a la mochila de Reese. Como en ese momento yo ni siquiera sabía que ya habían encontrado el pescado, me pilló totalmente desprevenida.

Tampoco ayudó mucho que papá entrara en la sala justo cuando Ashley y yo estábamos viendo *Mujeres descerebradas*. En teoría no me dejan verlo. Como yo tenía el mando, cambié superrápido al Disney Channel. Todavía estaba bastante nerviosa con el tema cuando me preguntó por el pescado.

programa muy tonto pero muy entretenido

Básicamente, me entró el pánico. En lugar de decirle la verdad —o de decir algo como «¿Un pescado en la mochila?», que suena a negación pero técnicamente no lo es, lo que en un futuro me habría permitido demostrar que no le había mentido—, me limité a negarlo rotundamente todo.

Creo que mis palabras exactas fueron más o menos: «¡Puaj! ¿Un pescado? ¿Muerto? ¡Ni hablar! ¡Yo nunca TOCARÍA un pescado! ¡Qué asco!».

A corto plazo, me sirvió. Mi padre no me hizo más preguntas. Cuando se fue Ashley, pedimos comida china y lo pasamos bastante bien hasta que papá se quedó dormido en el programa un poco menos tonto (pero también menos entretenido :( )

sofá viendo *¿Quién será la próxima estrella?* conmigo.

Pero mi madre volvió de su viaje en el vuelo de madrugada del sábado, y por la noche salimos a cenar a un japonés. Aún no habían traído el aperitivo, y mamá ya le preguntaba a Reese: «Y bien, ¿cómo llegó ese pescado a tu mochila, Reese?».

Reese dijo que suponía que alguien le había gastado una broma sin más.

Y mi madre dijo: «Me extraña. Lo veo muy complicado para una broma sin más. La madre de Wyatt me dijo que era bastante grande».

Entonces Reese le contó a mamá su teoría sobre James Mantolini y la mafia. Era ridículo. Yo vi un día al padre de James en un partido y en la mafia solo lo cogerían como contable.

el padre de James Mantolini (lo he sacado de Internet)

(debería cambiar su configuración de privacidad de Facebook)

Mamá también pensaba que era ridículo. Y además étnicamente desconsiderado, de manera que Reese recibió un buen sermón sobre que no hay que etiquetar a la gente, que la mafia ya ha perdido mucho poder y que casi todos los países del mundo tienen algún tipo de crimen organizado, que no son solo los italianos y que, además, Italia tiene una historia y una cultura muy ricas que se remonta a miles de años, bla, bla, bla.

Entonces dijo algo así: «¿Hay alguien en el cole que se haya enfadado contigo?».

Reese dijo: «No. Le caigo bien a todo el mundo».

Y entonces resoplé.

Lo hice sin querer. Fue una risita de desprecio que se me escapó.

En ese mismo instante, mi madre se volvió hacia mí y me dirigió esa mirada suya, y yo ya sabía que me iban a pillar.

Tenía que reaccionar deprisa. «Pero ¿qué dices? —le dije a Reese—. Sé AL MENOS de cinco personas a las que no les caes bien».

—¿Ah, sí? ¿Quién? —dijo Reese.

Esta parte fue difícil, porque, por motivos que nunca entenderé, es verdad que Reese cae bien a la gente.

—James Mantolini —dije—, Sophie, a

veces… —Y ahí me quedé bloqueada. Para empeorarlo todo, mi madre me estaba atravesando con su mirada.

—Claudia —dijo con esa voz de «estoy-muy-enfadada-pero-intentaré-no-gritar-porque-estamos-en-un-restaurante»—, ¿fuiste tú la que puso el pescado en la mochila de Reese?

REESE

En cuanto mamá dijo aquello, supe que habías sido tú. ¡Era TAN EVIDENTE!

CLAUDIA

Ahí es cuando la cosa se puso un poco fea para mí, desde el punto de vista moral.

LOS DIEZ MANDAMIENTOS

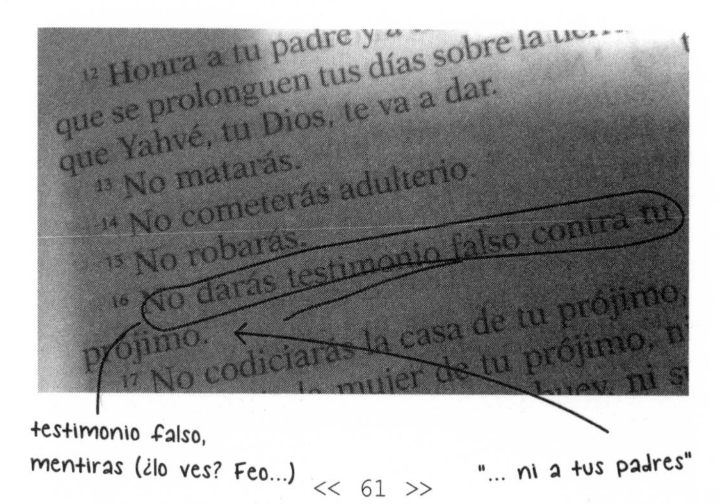
12 Honra a tu padre y a … sobre la tierra
que se prolonguen tus días sobre la tierra
que Yahvé, tu Dios, te va a dar.
13 No matarás.
14 No cometerás adulterio.
15 No robarás.
16 No darás testimonio falso contra tu prójimo.
17 No codiciarás la casa de tu prójimo, ni … la mujer de tu prójimo, ni … buey, ni s…

Porque tenía una décima de segundo para decidir si admitía la verdad —y no solo sobre el pescado, sino también sobre el hecho de mentir a mi padre— o me atrincheraba.

Me atrincheré. Es decir, me hice la ofendida total, diciendo que no podía creer que me acusaran de algo así e incluso derramé alguna lagrimita. También le dije a mi madre que sabría lo ridícula que era esa acusación si estuviera más tiempo con nosotros y no viajara tanto. (Eso fue muy injusto, pero muy eficaz, porque mi madre se siente megaculpable de pasar tanto tiempo en el trabajo.)

Básicamente, monté un pollo.

Mientras, Reese se iba encendiendo porque estaba seguro de que había sido yo.

El matrimonio mayor de la mesa de al lado nos miraba ya muy mal.

Y me parece que el camarero también se asustó un poco.

No estoy nada orgullosa de aquello. Si pudiera volver atrás, diría la verdad.

Pero en aquel momento dio resultado.

De hecho, dio tan buen resultado que mis padres acabaron enfadándose con Reese porque se negaba a admitir mi inocencia.

NO es una errata. Mi hermano habla así

REESE

¡Fue FLIPADOR! Estaba mintiendo a saco, ¡y se la creyeron! ¡Y empezaron a gritarme a mí por enfadarme con ella!

Estaba enfadado que te frikas y casi no pude comerme mis California rolls.

tampoco es una errata (y tampoco existe)

CLAUDIA

Total, que me libré.

Aunque en el fondo no, claro. Porque me sentí fatal el resto del fin de semana. Mentir así da muy mal rollo. Los siguientes días los pasé aterrada pensando que en cualquier momento mis padres lo descubrirían y estaría metida en un lío cinco veces más grande, porque ahora no solo era culpable de la historia del pescado, sino también de mentir sobre ella.

Dicen que el primer presidente de Estados Unidos George Washington taló un cerezo que no debía pero, cuando lo pillaron, lo admitió enseguida porque no era capaz de mentir. Yo eso me lo creo al cien por cien; pero no que dijera la verdad por ser noble. La dijo porque era muy inteligente y sabía que mentir te mete al final en MUCHOS más líos.

De verdad que hubiera sido MUCHO menos

doloroso si hubiera confesado. Imagino que habría tenido que gastar lo que me quedaba del dinero del cumple en comprarle una mochila nueva y que mis padres me habrían quitado todos los aparatos electrónicos una semana o algo así.

Pero eso no hubiera sido nada comparado con el sentimiento de culpabilidad y la preocupación que me invadían.

Mira si me sentía culpable que el domingo por la noche al acostarme decidí no solo poner punto final a la venganza contra Reese por el episodio de Su Alteza del Pedo Real, sino pasar el resto de mi vida siendo superamable y buena con mi hermano.

REESE

Aquella noche después de acostarme soñé con la venganza.

Porque estábamos en GUERRA.

CAPÍTULO 5
REESE CONTRAATACA (CASI) (PERO NO DEL TODO)

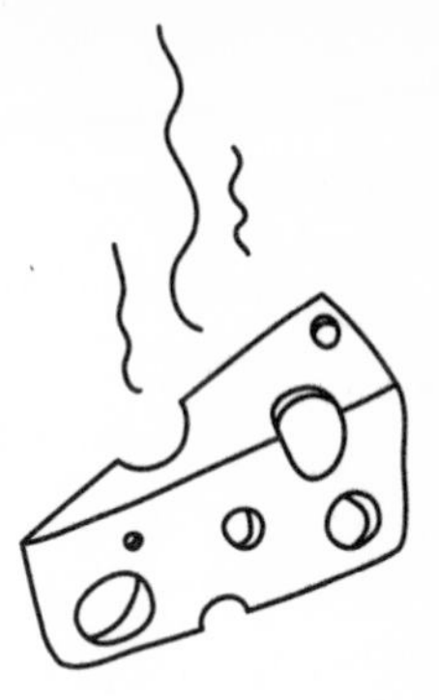

CLAUDIA

Aunque el libro es mío, este capítulo se lo voy a ceder casi entero a Reese. Sobre todo porque aún me siento culpable por lo de su mochila.

REESE

¡Que Claudia se hubiera cargado mi mochila y no la castigaran era tan flipador! Al salir del japonés, ya sabía que estaba solo en esto. No podía contar con las autoridades.

Era como Batman en aquella peli en que él es el bueno pero que todo el mundo PIENSA que es el malo, cuando lo cierto es que él es el único que puede parar al verdadero malo.

Que en este caso era mi hermana.

Tuve que pensarlo bastante, pero al final se me ocurrió la venganza perfecta: meter algún animal muerto en la mochila de Claudia.

Claro que mejor que no fuera un pez, porque eso sería copiar. animal muerto = también copia (Reese = no creativo)

Solo había un problema: los únicos animales muertos que se pueden comprar son los peces. De los demás solo venden trozos: muslos de pollo y esas cosas. Pero comprar un animal muerto entero es superdifícil.

Y a mí me parecía que para que mi plan funcionase tenía que ser un animal entero.

Se me ocurrió que a lo mejor encontraba alguno tirado por ahí, como una paloma o una rata. Pero estuve un tiempo mirando por la calle y no encontré ninguno.

Y menos mal, porque no me apetecía nada coger una paloma muerta.

Pero si no podía ni comprarlo ni encontrarlo, lo del animal muerto lo tenía bastante crudo.

A menos que me pusiera a matar a alguno yo mismo, pero eso no me va mucho. ← Cierto. R. no pue matar ni a bichos de bañera

Por eso decidí acudir a Xander, porque se le ocurren historias tirando a asquerosas y también con un poco de mala baba.

CLAUDIA

Perdón. Ya sé que he prometido ceder

todo el capítulo a mi hermano, pero hay dos cosas que todo el mundo tiene que saber sobre Xander Billington.

En primer lugar, es el demonio. De verdad. Puede que sea peor incluso que Athena Cohen, que ya es decir.

En segundo lugar, Xander anda por ahí diciendo que es «de la vieja escuela». Y lo es, pero no como él cree. Porque lo suyo no es la vieja escuela guay y con estilo, sino la vieja escuela que es vieja de verdad.

Me explico: cuando teníamos siete años y la señorita Beres nos contó la historia del primer día de Acción de Gracias y de los peregrinos que llegaron a América en el Mayflower, Xander se puso a gritar: «¡Mi requetetatarabuelo fue uno de ellos!».

Todo el mundo pensó que mentía, empezando por la señorita Beres, pero al final resultó que era cierto.

Xander mentía mucho a los 8 años (y también de los 9 hasta ahora)

Es CIERTO que un antepasado de Xander estuvo en el Mayflower.

Y eso hace doblemente ridículo que se empeñe en hablar como un rapero del Bronx.

Llegada de los peregrinos del Mayflower

XANDER BILLINGTON, burro futbolero/ descendiente del Mayflower

Reese me vino con el rollo: «Tío, tengo un plan *top secret*». Y yo me apunté.

Y luego fue y me dijo: «Quiero meter algo que apeste en la mochila de mi hermana».

Y yo le dije: «Man, está chupao, no fastidies: ¡un zurullo!».

REESE

Un zurullo no podía ser. Era demasiado asqueroso. Además, ¿de quién iba a ser el zurullo? ¿Mío? ¡Puajj!

Y si era de otra persona, ¡mil veces peor!

XANDER

Yo dije: «Vale, como quieras, man. Pues busca algún queso apestoso».

REESE

Era buena idea. Pero el queso tendría que ser de los raros. Porque el que compramos siempre, el cheddar, casi no huele.

Fui al Zabar's porque tienen un mostrador entero lleno de quesos raros. Fui cogiendo trozos para olerlos hasta que el chico de detrás del mostrador me dijo: «¿Te ayudo?».

mostrador de quesos del Zabar's: apestan pero están de muerte

Y yo le dije: «¿Cuál es el queso que huele peor?».

Me contestó: «El epuás».

[Nota de la cronista: No sé cómo se escribe, pero suena así.]

[Nota 2 de la cronista: Por si no lo has deducido, la cronista soy yo, Claudia.]

Pero el epuás iba a 27,99 $ la cajita redonda. ¡Flipador! Claro que quería venganza y tal, pero no pagando 27,99 $.

Le pregunté: «¿Y el SEGUNDO queso que huele peor?».

Contestó: «El gorgonzola».

Lo bueno de este es que podía comprar solo un trocito superfino. Y, aun así, me costó 3,82 $. Pero, como tenía 5, no me importó. Pensaba decirle a Ashley que era para un trabajo de ciencias, pero ni siquiera me preguntó por qué lo compré.

Ashley está siempre en las nubes.

Creo que Claudia ya esperaba que le hiciera algo, porque, cuando volví a casa, su mochila no estaba tirada por ahí. La tenía en su habitación, y la puerta estaba cerrada.

Por eso tuve que tomármelo con calma.

CLAUDIA

Perdón. Siento volver a interrumpir el capítulo de Reese. Y no quiero ser cruel con mi hermano mentalmente limitado. Pero lo que dice es una tontería como una casa.

En primer lugar, no esperaba que me hiciera algo. Si mi mochila no estaba tirada por ahí, es porque soy una persona responsable que deja las cosas en su sitio. Mi mochila no está NUNCA «tirada por ahí».

En segundo lugar, Reese NO se lo tomó con calma. Para nada.

Entró a saco en mi habitación, supernervioso y con una bolsa del Zabar's en la mano. Al verme a mí dentro, puso cara de cervatillo asustado que no entiende nada.

Y entonces gritó: «¡HOLAQUETAAAAL!», y salió pitando por la puerta.

Llegados a este punto, en mi cabeza se inició un debate.

Por una parte, sospeché que en la bolsa del Zabar's había algo asqueroso y maloliente que Reese pensaba esconder en mi habitación, o incluso en mi mochila. Por otra parte, aunque Reese no fuera exactamente la mente más brillante de su generación, no creía que pudiera ser tan increíblemente soso y falto de imaginación como para vengarse de mí haciendo EXACTAMENTE lo mismo que yo le había hecho a él.

Así que decidí ponerlo a prueba. Me asomé a la puerta de su habitación y le dije: «Voy a dar una vuelta. ¿Quieres algo de la tienda?».

Algo que, si hubiera tenido alguna neuronita despierta, Reese se habría dado cuenta de que era muy sospechoso.

Entonces salí de casa diez minutos.

REESE

Al final, Claudia salió un rato, y yo me colé en su habitación y escondí el queso en uno de los bolsillos exteriores de su mochila, al lado de un paquete de chicles y de unas gomas de pelo.

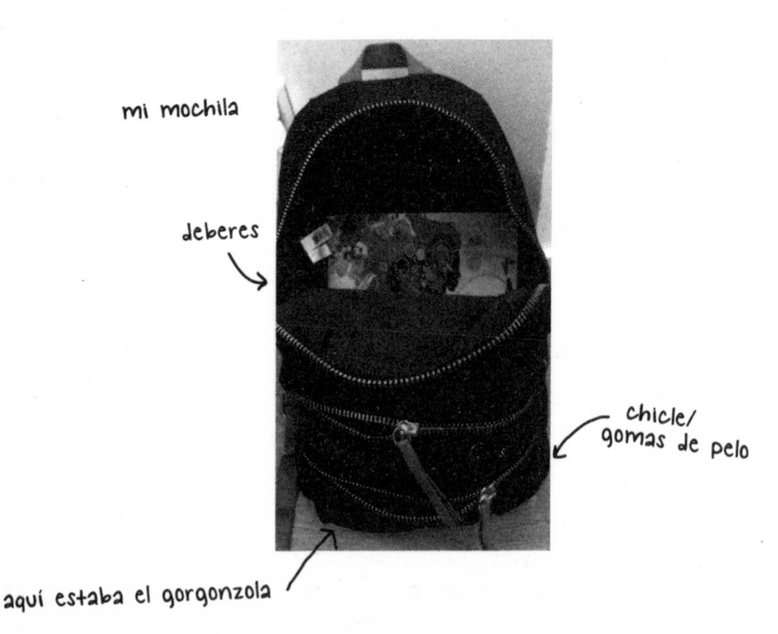

De hecho, lo escondí DEMASIADO bien porque, aunque ya apestaba desde el primer momento, tardó dos días en encontrarlo.

CLAUDIA

Tardé dos MINUTOS en encontrarlo. Bueno, no llega, más bien dos segundos.

En lo que tardé dos días fue en decidir cómo responder.

Lo primero que hice fue buscar una fiambrera hermética en la cocina, guardar dentro el queso maloliente y meterlo en el fondo de la nevera.

Lo segundo que hice fue llamar a Sophie. Cuando le expliqué la situación, tuvo una idea brillante.

SOPHIE

Yo le dije: «¿Por qué no nos lo comemos?».

CLAUDIA

Brillante, ya te digo.

Pero la llamé en martes, y acababa de salir de ballet para ir a violín. Y los miércoles no podemos quedar ninguna de las dos. Total, que el queso se tuvo que quedar en la nevera hasta el jueves.

REESE

Al segundo día, el queso de la mochila de Claudia apestaba que te mueres. Yo lo podía oler desde la otra punta de la cafetería.

CLAUDIA

A Reese se le ha ido la olla. El queso estuvo en la nevera TODO EL TIEMPO.

Pero yo no se lo dije nunca. Solo lo sabrá si lee este libro. Ahora que lo pienso, esto me va a servir para saber si lo lee o no. Él dice que lo leerá, pero yo lo dudo. El único libro que Reese ha leído en toda su vida sin que le obligaran en el cole fue un manual de Pokémon cuando tenía ocho años. Y tampoco, porque se limitó a mirar los dibujos.

Me estoy desviando del tema. Volvamos al queso.

REESE

Olía tan mal que Xander se acercó a mi hermana en la cafetería y le gritó: «¡TÍA, CLAUDIA, ¿POR QUÉ HUELES TANTO A QUESO PODRIDO?».

Y va Claudia y le contesta: «No lo sé,

a lo mejor es porque he estado al lado de tu madre».

Tengo que admitir que eso tuvo gracia. Todo el mundo se rio menos Xander. Se enfadó como una mona.

Bueno, más bien se puso hecho una fiera. Xander tiene bastante mal genio.

CLAUDIA

Además Xander es el chico más idiota del mundo. El queso estaba literalmente a un par de kilómetros de allí cuando dijo aquello.

Pero lo que está claro es que no debía haberlo humillado delante de todo el mundo. Porque en ese momento pasó a ser mi enemigo declarado.

Y, como ya he dicho antes, Xander es el demonio. Y eso lo convierte en un enemigo MUCHO más peligroso que mi hermano.

Un poco como si en la Segunda Guerra Mundial, Reese fuera Italia, que era uno de los malos —*[Nota de la cronista: qué raro que Italia fuera de los malos en la Segunda Guerra Mundial, ¿verdad? A mí también me sorprendió mucho. Pero lo pone tal cual en la Wikipedia]*—, pero no el malo que preocupaba de verdad, porque Italia no puede dar tanto miedo.

Pues Xander sería Alemania, que era un malo MUCHO más malo. No voy a mencionar aquí el nombre de su líder, porque mi padre dice que nunca jamás se debe comparar a nadie con él, porque era un hombre mucho más malo que el hombre más malo de la historia y, si lo nombras en una discusión, quedarás en ridículo.

Solo diré que su nombre rima con Fitler.

Y, en esta Guerra, Xander era definitivamente «el que rima con Fitler».

Pero ya lo veremos en el próximo capítulo.

El jueves por la tarde, aprovechando que Reese tenía fútbol, Sophie vino a casa después de su clase de coreano y nos comimos el queso con unas crackers. Solo te diré que el gorgonzola está buenísimo. Aunque no sé por qué lo llaman «gorgonzola» cuando es simplemente queso azul. "bleu", creo que se dice

Mientras nos lo comíamos, intentamos decidir si tenía que vengarme por el ataque de Reese o si corríamos un tupido velo. Por otra parte, aún me sentía culpable por haberme cargado su mochila favorita. Y la forma en que Reese había intentado devolverme la jugada no solo era un desastre total, sino que daba bastante pena.

Por otro lado, yo no quería que él pensara que podía hacerme algo así sin sufrir luego las consecuencias. Hubiera transmitido un mensaje de debilidad.

SOPHIE

¿Cómo era aquella cita que dijiste? ¿Del tipo ese que fue presidente antes de que naciéramos?

CLAUDIA

«Esta agresión es intolerable».

SOPHIE

¡Mira que llegas a ser lista! ¿Dónde aprendiste eso?

CLAUDIA

Lo vi en una peli en la que jugaban a los bolos.

En fin, aunque de verdad creía que su agresión era intolerable, no quería hacer nada DEMASIADO bestia. En esos momentos La Guerra todavía no era una auténtica guerra, era algo más parecido a un cruce de hostilidades. Y no iba a ser yo la que la intensificara para que se desmadrara.

Por eso al final decidí que lo mejor era limitarme a marear un poco a Reese.

REESE

Supongo que Claudia encontró el queso mientras yo estaba en el entrenamiento de fútbol, porque, cuando llegué a casa aquella noche, estaba esperándome en mi habitación.

CLAUDIA

¿Sabes eso que hacen los malvados de las películas antiguas, que están sentados de espaldas en un sillón y cuando entra el protagonista, se dan la vuelta lentamente y exponen su plan maligno con una sonrisa malévola?

Pues yo hice exactamente eso. Hasta tenía un peluche en la falda y lo acariciaba como a un gato de verdad. Y es que, no sé por qué, pero los malvados siempre tienen gatos.

Reese no lo pilló para nada, claro, porque él nunca pilla los chistes mínimamente inteligentes.

REESE

Cuando entré la vi sentada en mi silla, y se puso en plan: «Holaaaaa, Reese», con voz rara, como cuando está muy resfriada.

Yo le dije: «¿Qué haces en mi habitación?».

Y ella contestó: «Te he escondido el queso. ¡JA, JA, JA, JA!».

CLAUDIA

¡Argh! ¡Se está saltando totalmente el guion! Para el discurso del malvado puse acento de película inglesa. Y dije algo así:

—Hola, Reese… He venido a darte las

gracias por el delicioso queso con el que me has obsequiado. Por desgracia, tengo intolerancia a la lactosa, así que he preferido devolvértelo. Y, como veo que te gusta jugar al escondite, lo he guardado en una ubicación secreta dentro de tu habitación. Te deseo suerte para encontrarlo antes de que sus emanaciones te duerman los sentidos y te lleven poco a poco al borde de la locura. ¡MUA-JA-JA-JA-JA!

No tengo intolerancia a la lactosa. Esto era parte de la broma.

Fue una caña. De verdad. Vale, lo habría sido más si no la hubiera desperdiciado con alguien que no se entera.

Pero, bueno, ver la cara de mi hermano cuando le dije que había escondido el queso en su habitación ya fue bastante genial.

REESE

Me pasé, no sé, una hora o así buscando el queso. Hasta que me rendí. Claudia lo había escondido MUY bien. Pero pensé que al final empezaría a apestar lo suficiente como para localizarlo por el olor. Y era verdad, porque a los quince días mi armario empezó a oler tan mal que supe que el queso tenía que estar por ahí.

Pero sigo sin encontrarlo. Y Claudia no me quiere decir dónde está.

Y aquí estoy, totalmente atascado con un armario lleno de queso apestoso que no puedo encontrar. Es bastante asqueroso.

CLAUDIA

No tengo ni idea de qué es lo que hace que el armario de Reese huela tan mal.

Pero YA TE DIGO YO QUE QUESO NO ES.

(¡Puajj!)

CAPÍTULO 6
FITLER SE SUMA A LA GUERRA

CLAUDIA

Hasta aquí, La Guerra se decantaba hacia un bando. Desde su ataque sorpresa tan cruel e injusto en la cafetería, básicamente le estaba dando una buena paliza a Reese. Así que o había aprendido la lección y se había acabado todo o, por mucho que quisiera contraatacar, no era lo bastante listo como para hacerme daño.

Por desgracia, el Incidente del Queso (si estuviéramos en clase de francés, *L'affaire du fromage*) tuvo un efecto colateral imprevisto: hizo que Xander se sumara a La Guerra en las filas del enemigo.

Y Xander es el demonio. Como mínimo, un odioso y repelente sobrino del demonio que va de guays pero no es más que un pringado.

REESE

Para entonces yo ya estaba muy enfadado con Claudia. Se había cargado mi mochila Y mi armario. ¡Y NO la habían pillado!

En ninguno de los dos casos.

Si no hacía nada, me iban a machacar el resto de mi vida: ¡humillado con pescado y queso apestoso!

Además, todo ese rollo me estaba haciendo sentir como un perdedor. En nuestra liga hay un equipo, los Calzonazos FC, al que siempre le meten nueve a cero o cosas así. Son malos malísimos, tanto que los que no se ríen de ellos es porque les da pena. Pues así me empezaba a sentir yo. Yo era el Calzonazos FC de mi familia.

Y no me gustaba nada. Tenía que ganar y pronto.

Lo bueno era que ahora había alguien más en mi equipo. Desde que Claudia se burló de él delante de todo el mundo metiéndose con su madre, Xander estaba casi tan enfadado con mi hermana como yo.

Y cuando Xander se enfada, se venga.

XANDER

Yo dije: «Man, esta tipa se va a enterar zumbando de lo que vale mi rima».

CLAUDIA

De verdad que me parece patético que Xander hable así. Casi me da pena y todo, porque él piensa que es enrollado. (Seguro que a Fitler en secundaria también se le daba fatal lo de ser enrollado. Ahora que lo pienso, eso explicaría muchas cosas de la historia mundial.)

REESE

Xander dijo que, si de verdad queríamos meternos con Claudia, lo que había que hacer era implicar a otras chicas. Porque, según Xander, las chicas son como los tiburones: cuando huelen sangre, acuden como locas a ver qué cazan.

fembots en la playa

XANDER

Cierto. Los tíos casi siempre vamos en plan de juego. O sea, un tío te parte la cara pero luego te levanta y dice: «Venga, bro, ya está». Y todos contentos.

Pero las chicas no juegan, man. Las chicas son MALAS. Van a por ti a muerte.

Se pasan las veinticuatro horas del día en ClickChat destripándose entre ellas.

REESE

Cuando Xander me contó lo de colgar algo feo sobre Claudia en la red para que todas las chicas de nuestro círculo de ClickChat le dieran bombo, me puse un poco nervioso.

Porque, por mucho que odie a Claudia, es mi hermana.

Pero Xander me prometió que no sería TAN malo. Sería malo un par de días, pero luego todo el mundo lo olvidaría.

Así que dije: «Vale, ¿qué colgamos?».

Xander contestó: «¿Qué es lo más asqueroso que hace tu hermana?».

Me lo tuve que pensar un poco, y solo se me ocurrió que a veces, mientras está viendo la tele y cree que nadie la mira, se mete el dedo en la nariz.

Xander dijo: «¡Man, eso es TOTAL! Pero necesitamos un vídeo».

Decidimos que Xander viniera a dormir un día a mi casa para apostarnos en la sala con nuestros iPad a ver si pillábamos a Claudia y la grabábamos tocándose la nariz.

NUESTROS PADRES (Mensajes del móvil)

Reese quiere q Xander se quede a dormir el sábado

MAMÁ

PAPÁ

Nos gusta Xander? Me hago un lío

No. Es el q rompió la mesita auxiliar en el cumpleaños

Ah, ESE Xander

Sí. Y le debemos una a la madre de Wyatt. Prefiero q sea él

No puedes hacer eso

El qué?

Cambiar un niño por otro

Claro q sí

Pregúntale a REESE

Preguntado. Tienes razón. No puedo

Entonces Xander viene el sábado?

Supongo q sí. No se me ocurre un argumento en contra

Dile a Reese q tenemos planes. Y luego haz planes

Demasiado tarde. Ya le he dicho q no tenemos planes

Novatada. La próxima vez llevo yo la negociación. Soy abogado

Eric, tú te dedicas a los impuestos

Y qué? Yo habría sabido salir de esta

CLAUDIA

En primer lugar, que quede claro que, si algún día soy madre, no seré como esos padres tan blandengues que dejan que su hijo ande con un psicópata declarado solo porque le apetece.

En segundo lugar, quiero ser totalmente sincera: todo el mundo mundial se mete el dedo en la nariz. Eso es así y punto.

Pero la gente bien educada no lo hace nunca en público, o cuando hay alguna visita cerca. Sobre todo si esa visita es un gusano maligno.

Así que el plan de Reese y Xander estaba condenado a fracasar.

Desgraciadamente para mí, acabaron grabándome con algo igual de malo.

No, de hecho era mucho peor.

REESE

De verdad que, si hubiera sabido lo feas que se iban a poner las cosas, NUNCA habría colgado aquel vídeo en ClickChat.

CLAUDIA

Lo que tú digas.

Fue así: el sábado después de cenar me senté en el sofá a ver *¿Quién será la próxima estrella?* Pero Reese y Xander no paraban de asomarse desde el pasillo, riéndose como idiotas y con el iPad en la mano como si me estuvieran grabando.

No estaba segura, pero me molestaba tanto que al final decidí pasar de la tele y subir a mi habitación.

Me metí en ClickChat con Sophie, Carmen y Parvati, hasta que empezaron a hablar de *Aquelarre de ángeles*, una serie de novelas increíblemente estúpida sobre unos adolescentes de San Francisco en un mundo futuro en el que las brujas controlan el gobierno y todos los chicos guapos están muertos y vuelven como fantasmas o algo así.

serie de novelas estúpida donde las haya

Creo que ya van como mínimo por la décima novela. Además de ser ridículas, están muy mal escritas, y no puedo entender cómo le pueden gustar a nadie, y menos a mis amigas. Como no tenía ganas de discutir con ellas por enésima vez sobre lo estúpido que es *Aquelarre de ángeles*, salí de ClickChat y me puse a tocar un poco la guitarra.

Saqué mi Stratocaster y me puse a tontear un poco con ella. Enseguida me salió un riff muy guapo y se me empezó a ocurrir una canción.

la mejor guitarra del mundo

Eso me pasa mucho. Por eso uno de mis dos objetivos en la vida es ser una cantautora famosa como Miranda Fleet.

La gente cree que es inalcanzable, pero, si piensas en cuántos concursos como *¿Quién será la próxima estrella?* hay y cuántos cantautores espantosos han tenido éxito últimamente, a mí me parece que sí que se puede conseguir. Así que, en cuanto se me ocurre alguna idea suelta para una canción, la grabo en GarageBand para no perderla si llega a convertirse en un éxito.

No todas mis ideas sueltas se transforman en algo genial, ni tan solo en algo bueno.

Y hasta las mejores canciones pueden haber tenido principios horribles.

Por eso grabo solo PARA MI USO ÚNICO Y

EXCLUSIVO, hasta que pueda volver a ponerme y transformarlo en algo grande.

Lo malo es que, cuando me pongo los auriculares para grabar, me meto por completo en lo que estoy haciendo y olvido todo lo demás, como el hecho de que mi hermano haya invitado a dormir a un gusano maligno y que los dos estén desesperados por acabar conmigo.

Y así es como «La canción del chaleco» acabó en ClickChat y me arruinó ~~prácticamente~~ totalmente la vida.

REESE

Cuando Claudia subió a su habitación, Xander y yo vimos que lo del vídeo haciendo pelotillas no iba a poder ser. Decidimos esperar hasta que se durmiera, entrar sin hacer ruido y ponerle una mano en agua caliente y la otra en agua fría. Xander dijo que así seguro que se mearía en la cama y que, si grabábamos eso, sería mucho más vergonzoso que lo de meterse el dedo en la nariz.

Para matar el tiempo, nos pusimos a jugar a MetaWorld en mi habitación. Al cabo de un rato, Xander fue al baño y cuando volvió me dijo: «¿Oye, man, tu hermana tiene un gato?».

Contesté: «No, ¿por qué?».

Y dijo: «Porque en su cuarto están estrangulando a algún animal».

XANDER

Tal cual, man: Esa tía NO. SABE. CANTAR.

CLAUDIA

¡Ridículo! Como si Xander supiera lo que es cantar.

REESE

Salimos al pasillo y nos pusimos junto a la puerta de Claudia. Y es verdad que cantaba con una voz chirriante muy rara.

CLAUDIA

Se llama «falsetto». Estaba probando diferentes registros vocales, y oíste precisamente el falsetto.

Porque, como he dicho antes, la canción era una IDEA SUELTA con la que estaba jugueteando SIN LA MENOR INTENCIÓN DE QUE NADIE LA OYERA JAMÁS. Estaba EXPERIMENTANDO.

Cosa que, por cierto, hacen TODOS los artistas.

REESE

Pues el experimento no salió muy bien.

CLAUDIA

¡Pues claro! ¡POR ESO SE LLAMAN «EXPERIMENTOS»!

REESE

Y no era solo que desafinabas. La guitarra sonaba muy raro, como si vibrara...

CLAUDIA

¡Porque no tenía el amplificador! ¡TODAS las guitarras eléctricas suenan raras y como si vibraran sin el amplificador!

REESE

Bueno, da igual. El caso es que decidimos grabarlo. Las puertas de los dormitorios de mi casa son muy fáciles de forzar. Basta con meter la hoja de unas tijeras en la cerradura y moverla un poco.

CLAUDIA

Está claro que para Navidad pediré a mis padres una cerradura nueva.

Necesito una de estas

REESE

Total, que abrimos la puerta con las tijeras y ¡tachán! Dos minutos después ya estábamos colgando en ClickChat el vídeo de Claudia cantándole una canción de amor a Jens…

CLAUDIA

¡NO IBA SOBRE JENS!

REESE

¿Ah, no? ¿Y lo de «Ese chaleco de cuero por el que me muero, y ese suave acento, musical de nacimiento»?

CLAUDIA

¡Era la LETRA PROVISIONAL! ¡Y podía haber sido cualquiera!

REESE

Claro, claro. ¡Como hay tanta gente que lleva chaleco de cuero y tiene acento extranjero…!

CLAUDIA

¡¡¡FUERA DE MI HABITACIÓN!!!

REESE

Pero si no hemos acabado la crónica…

CLAUDIA

¡FUERAAAA! ¡¡¡¡TE ODIO!!!!

CAPÍTULO 7
LA SALVAJADA EN CLICKCHAT

CLAUDIA

Me disculpo por haber perdido los estribos al final del capítulo anterior. Podría haberlo borrado, pero creo que es importante dejarlo tal cual como prueba de lo profundas que son las cicatrices de la guerra, y de que los implicados en estos conflictos suelen tener problemas emocionales durante años después de terminada la contienda.

Intentaré pasar la próxima parte muy deprisa, porque, todavía ahora, solo de pensarlo me dan ganas de llorar.

Y de clavarle a mi hermano palillos debajo de las uñas.

Ante todo, es importantísimo que quede claro que la canción que yo estaba cantando a) NO iba sobre nadie en concreto; b) iba sobre muchas cosas a la vez, y no solo chalecos y acentos; c) ni siquiera se llamaba «La canción del chaleco», que es el nombre que Reese y Xander se inventaron; d) era un experimento en fase uno que tenía la intención de volver a escribir y grabar, al final sin falsetto (porque es verdad que no funcionaba); y e) no estaba destinada para nada, jamás, a QUE LA OYERA NADIE EXCEPTO YO MISMA.

A partir de ahora y para el resto de mi vida, cuando grabe algo, lo haré sentada de cara a la puerta para asegurarme de que nadie se asoma con un iPad para grabarme.

Otra cosa que haré a partir de ahora es no desconectarme nunca más de quince minutos. Porque, si yo hubiera estado en ClickChat aquella noche y lo hubiera visto antes, no habría sido tan terrible. Pero había apagado el teléfono y el wifi de mi ordenador para que no me interrumpiera nada mientras grababa. Y, cuando terminé de tocar la guitarra, ya era tan tarde que me fui a dormir sin preocuparme de volver a conectar.

Por eso no me enteré de nada de lo que pasó hasta la mañana siguiente, cuando conecté el móvil y me encontré veintisiete mensajes nuevos.

Dieciséis eran de Sophie. El resto, de Carmen y Parvati. A efectos históricos, reproduzco algunos de los de Sophie:

SOPHIE (Mensajes)

COGE MÓVIL, CLAUDIA!

DE VERDAD, URGENTE!

OMG!! TIENES Q IR A CLICKCHAT AHORA Y VER LO QUE HA COLGADO REESE

ES MUY GORDO! MUY FEO!

DÓNDE ESTÁS??? LLÁMAME!!!

CLAUDIA

Con los mensajes de Sophie ya me dio un ataque de pánico antes de abrir ClickChat. Y lo que había colgado Reese era tan horrible que realmente sentí como una puñalada en el pecho, como si me estuviera dando un infarto.

Para que conste, lo reproduzco tal como quedó (sin el vídeo, que al final fue borrado). Solo he puesto los quince primeros comentarios, pero cuando Reese borró el vídeo ya había 134:

monstruoflipao

¡Lo sentimos!

PUAJ_CANCIÓN_CHALECO.mov
ha sido borrado por el usuario

214 me gusta

diosastupenda ¡OMG!

mdith_timms ¿Verdad?

diosastupenda ¡Está cantándole a Jens!

lingurding ERROR ÉPICO

claribella ¡¡¡¡ja ja ja ja ja ja ja ja ja!!!!

soi_batman_ytuno mi perro lo ha oído y se ha puesto a aullar

tasha_manda ¡Miranda Fleet, prepárate q viene ESTA! ¡¡Ja ja ja!!

diosastupenda Qué pena. Imposible q le guste a Jens

sophie_k_nyc Reese, NO TIENE GRACIA. Claudia t matará.

mdith_timms ¿nombre usuario Jens? ¡Que alguien se lo pase!

claribella ¡¡ME SANGRAN LAS OREJAS!!

sophie_k_nyc Reese, ya vale. ¡¡BÓRRALO!!

diosastupenda Calla, Sophie. ¿No aguantas las bromas?

mdith_timms Sí, déjalo, q así apreciamos su increíble talento <3 <3

lingurding OMG! Claudia tendrá q emigrar a Alaska como mín.

CLAUDIA

Los 120 siguientes comentarios eran aún peores, créeme. Por eso precisamente, en cuanto comprobé que no me estaba dando un telele, fui al cuarto de Reese a matarlo.

REESE

Xander tenía razón. En cuanto colgamos el vídeo, las chicas de nuestro curso (y algunos chicos, pero sobre todo las chicas) empezaron a comentar como locas. Hasta daba miedo de lo fuertes que iban. Tanto que antes de acostarme empecé a pensar que a lo mejor no había sido buena idea colgar el vídeo.

CLAUDIA

¿¿¿«A LO MEJOR»???

REESE

¡Lo siento! El caso es que nos habíamos acostado tarde y cuando Claudia entró y empezó a dar patadas a Xander yo aún dormía.

CLAUDIA

NO le estaba dando patadas.

Soy una persona pacífica. Xander estaba durmiendo en un saco en el suelo, y la habitación es muy pequeña. Cuando yo iba hacia tu cama, le di sin querer cinco o seis golpes con el pie.

REESE

Si no le estabas dando patadas, ¿por qué gritaba?

CLAUDIA

Porque es débil. SOY UNA PERSONA PACÍFICA.

REESE

Si eres tan pacífica, ¿por qué siempre me das collejas?

CLAUDIA

Eres mi hermano, es distinto. Además, te las mereces todas y cada una de ellas.

REESE

¡No es justo! Sabes que no te puedo devolver los golpes.

CLAUDIA

Porque tú también eres debilucho.

REESE

¡No! ¡Porque eres una chica!

CLAUDIA

Eso es supersexista, Reese.

REESE

Vale, pues la próxima vez te vas a enterar.

CLAUDIA

Espero impaciente.

REESE

¿Te calmas de una vez? ¡Te he pedido perdón más de cincuenta veces!

CLAUDIA

Nunca será suficiente.

REESE

¿Podemos volver a la clónica?

CLAUDIA

«Crónica».

REESE

Da igual. Total, que con los gritos despertamos a papá. Y vino a separarnos y tú te pusiste completamente histérica y él ya no sabía qué hacer.

Pero tenía que resolverlo él porque mamá estaba en el gimnasio.

NUESTROS PADRES (Mensajes del móvil)

CRISIS TOTAL CON LOS GEMELOS. VUELVE CUANTO ANTES A CASA

Hay heridos????

No, pero Claudia ha pegado a Reese

No puedes tú solo? La única clase d spinning buena empieza dentro de 5 min y hace siglos q no hago ejercicio

A mí esto me supera. Muchas lágrimas y cosas d chica

Eric, RESUÉLVELO TÚ. Volveré a las 11:00

OK, pero no garantizo q los niños sigan enteros cuando vuelvas

NO SEAS GALLINA! ¿No querías hijos?

REESE

Borré lo de ClickChat antes incluso de que me lo ordenara papá. Porque de verdad que me sentía mal. Tanto que mientras estaba tumbado en la cama no paraba de pensar: «Quizás debería haberlo borrado».

CLAUDIA

PERO NO LO BORRASTE.

REESE

Bueno, es que estaba Xander… ¡lo siento! ¡De verdad que lo siento! Es la tontería más grande que he hecho en mi vida. ¿No piensas perdonarme nunca?

CLAUDIA

Mmm… Déjame pensar.

NO.

CAPÍTULO 8
ATILA FEMBOT

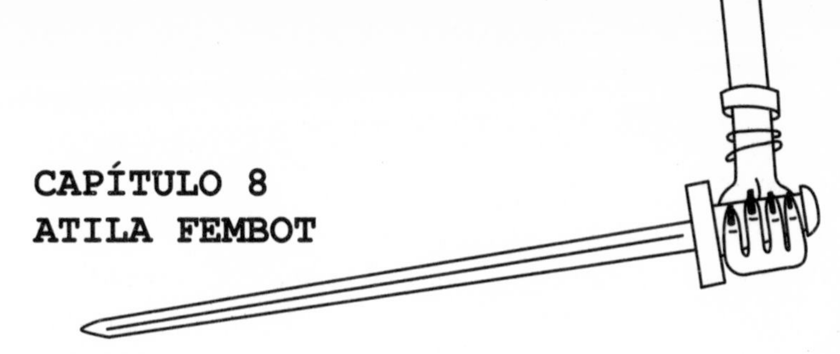

CLAUDIA

Cuando mamá volvió de su clase de spinning, papá había enviado a Xander a su casa, había quitado todos los aparatos electrónicos a Reese y le había castigado sin salir hasta nuevo aviso.

Y para que veas lo horrible que fue lo que me habían hecho Reese y Xander y lo feos que se pusieron los comentarios en ClickChat: Reese no protestó en ningún momento por su castigo.

No solo eso, sino que, cuando mi madre supo toda la historia y vio el vídeo en el portátil de Reese —que luego le obligó a borrar para siempre—, no intentó consolarme diciendo aquello de «Venga, cariño, que no es para tanto» o «Cariño, sé que molesta, pero procura no tener una reacción desproporcionada».

En vez de eso, me llevó a una zapatería y me dejó elegir unas botas de muerte que ni siquiera estaban rebajadas.

botas de muerte/sin rebajar

Pero antes de ir de compras, llamó a la madre de Xander y tuvo una larga conversación con ella a puerta cerrada en su dormitorio.

XANDER

Qué mal ROLLO, man, meter a las madres en el tema. Además de asco, man, porque yo estaba limpio. En MI muro de ClickChat solo hay vídeos de skaters. Todo ese rollo de la página de fans y tal, eso lo hizo otra peña.

Las tías, claro.

CLAUDIA

Si la pesadilla de «La canción del chaleco» hubiera acabado cuando Reese borró el vídeo, todavía.

Pero las cosas se iban a poner aún peor.

Porque en algún momento entre la noche del sábado y el domingo, las fembots crearon en ClickChat un muro de fans de Claudia Tapper.

Que las fembots se metieran en La Guerra era como… no sé ni cómo explicarlo, no hay comparación posible en toda la historia del mundo.

Era como si en mitad de la Segunda Guerra Mundial, cuando Estados Unidos estaban concentrados en ganar a los alemanes, hubiera aparecido Atila el Huno salido de una máquina del tiempo y hubiera saqueado medio país.

De verdad.

Atila Fembot

Yo no me enteré de lo de las fans de Claudia Tapper hasta el lunes por la mañana. Me daba pánico ir al colegio, porque todo mi curso había visto el vídeo de «La canción del chaleco», y sabía que andar por los pasillos iba a ser una pesadilla.

Pero, aunque sus comentarios en ClickChat fueran de lo peor, las fembots no eran mi mayor preocupación. Lo que más me PREOCUPABA era encontrarme a Jens Kuypers.

Porque aunque la canción NO tenía nada que ver con él, todo el mundo pensaba lo contrario. Y supuse que él pensaría que yo era una acosadora pirada o algo así.

Y, cómo no, la primera persona con la me encontré de cara aquella mañana fue

Jens. Aunque al final no fue TAN duro. Porque es tan increíblemente majo y considerado que se esforzó en sonreír y decir: «¡Hey, Claudia!», con esa voz tan alegre que tiene. Y estuvo muy bien por su parte, si no fuera porque yo sabía que solo lo hacía por pura amabilidad, y eso me hizo sentir aún más incómoda. No podía ni mirarle a los ojos, y después pensé que lo mejor sería evitarlo por completo durante una temporada.

Una temporada como un año. O dos.

Aún estaba recuperándome del encuentro con Jens cuando pasé junto a las fembots. Estaban arremolinadas en torno a la taquilla de Athena y cuando Clarissa Parker me vio, soltó (con su voz de repelente): «¡Ostras, Claudia, ¿has VISTO tu página de fans?». Y se pusieron a reír como si fuera lo más divertido que hubieran oído en su vida.

Se me revolvió el estómago porque presentí que estaban maquinando algo malo.

Corrí al vestíbulo (el único sitio en el que se puede utilizar un móvil en horas de clase) y entré en ClickChat.

Cuando vi la página de fans, el estómago se me revolvió aún más.

POSTS DE CLICKCHAT EN EL MURO DE «FANS DE CLAUDIA TAPPER»

FanNúmero1deClaudia Esta página está dedicada a la mayor cantante de la historia universal. Cuelga aquí tus vídeos favoritos de los mejores momentos de Claudia.

MeencantaClaudia ¡Es la más mejor! ¡Este es mi vídeo favorito!

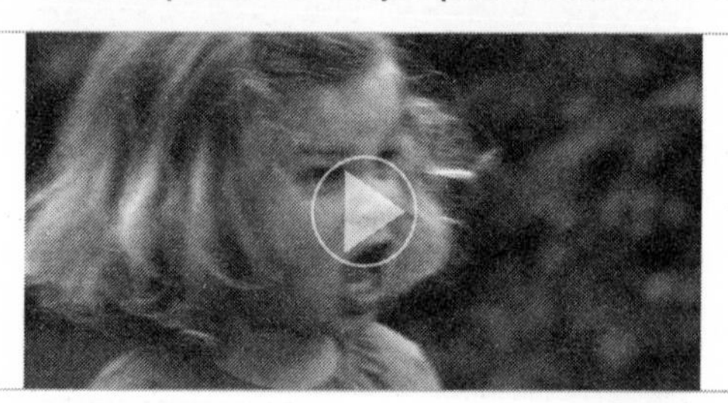

ClaudiaSuperstar Cuando canta, se me saltan las lágrimas <3 <3 <3

CLAUDIA

Por si no lo ves en la captura de pantalla, los vídeos correspondían a a) un perro aullando, b) una niña con una rabieta y c) un cantante difónico de Mongolia (ni siquiera sé lo que es eso, pero seguro que es HORRIBLE).

El resto de los comentarios eran tan terribles que no fui capaz de detenerme para hacer capturas de pantalla.

Aunque en «Fans de Claudia Tapper» los nombres eran inventados, era obvio quién se escondía detrás de ellos. Porque Athena es la persona más sarcástica del planeta. La segunda persona más sarcástica del planeta es Meredith, desde que se volvió fembot. Toda la página era un festival del sarcasmo. Con Mezquindad y Crueldad como teloneros.

Fue el peor día de mi vida. A la hora del almuerzo, las náuseas se habían convertido en dolores punzantes. Llamé a mi madre desde la enfermería y ni siquiera intentó convencerme de que me quedara en el cole. Me dejó coger un taxi hasta casa y le pidió a Ashley que viniera pronto y me trajera mi marca de sopa favorita.

Imagínate si fue duro. Y, si no te lo crees, pregunta:

SOPHIE

La verdad es que aquella página de fans fue, no sé, la cosa más perversa que he visto en mi vida. Fue peor que las cosas que salen en *Mujeres descerebradas*.

PARVATI GUPTA, amiga

Las fembots son pura basura. Si existe el karma, Athena y Meredith se reencarnarán en cucarachas.

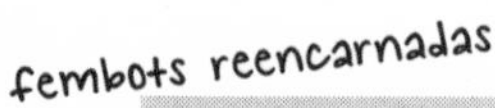

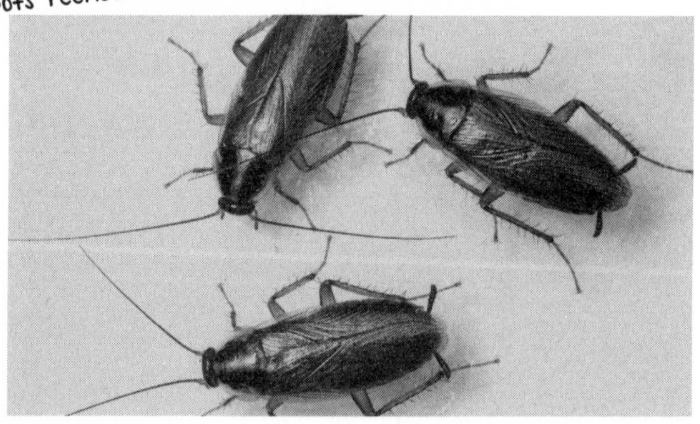

Y ni siquiera cucarachas normales, no. Cucarachas deformes. Para que todas las demás cucarachas se rían de ellas. Y Clarissa y Ling serán, no sé, bacterias o algo por el estilo.

CARMEN GUTIÉRREZ, amiga/aliada política

¡Era imperdonable! Había que hacer algo para detenerlos. El ciberacoso es un asunto MUY grave. Antes de que tú me dijeras nada, yo ya había pensado en llevar el tema al CA.

CLAUDIA

El CA es el Consejo de Alumnos. Yo soy la delegada de nuestro curso, y Carmen, además de ser mi segunda mejor amiga, es mi mayor aliada entre el resto de los delegados. Decidió —casi, casi sin que yo se lo sugiriera— que había llegado el momento de que el CA presionara a la dirección del colegio para que prohibiera el ciberacoso.

Empatada con Parvati. Sería así:
1) Sophie
2) Carmen (empate)
3) Parvati (empate)

Y eso fue ESTUPENDO por su parte. Carmen es genial, y además se toma muy en serio lo de representar a sus compañeros.

Y mejor que fuera ella y no yo la que sacara el tema del ciberacoso. Porque en el colegio no se hablaba de otra cosa que de «La canción del chaleco» y de la estúpida página de fans de las fembots. Y si yo hubiera propuesto el tema, habría parecido que lo hacía para que las castigaran a ellas.

Y yo no soy así. NUNCA aprovecharía mi posición política para cargarme a mis enemigos, por mucho que se lo merezcan.

Aunque un poco sí que ayudé a Carmen a preparar las treinta y dos páginas de investigación sobre ciberacoso que presentó en la reunión del CA del miércoles.

CARMEN

Al principio, el señor McDonald *[Nota de la cronista: el señor McDonald es el profesor asesor del CA]* no parecía estar muy por la labor. Decía: «Bueno… si no está pasando dentro de nuestro centro…
no creo que podamos legislarlo…».

Hasta que vio el artículo que me diste sobre aquel instituto de Arizona condenado a pagar un millón de dólares a un chaval.

Instituto paga 1 millón de dólares por un caso de ciberacoso

Se llevó tal susto que no tuvo más remedio que cambiar de opinión.

CLAUDIA

En la reunión del miércoles, por 17 votos contra 4, el Consejo de Alumnos aprobó un acuerdo a favor de una política de tolerancia cero contra el ciberacoso.

«Tolerancia cero» significa básicamente que quien acose a otro alumno por Internet será automáticamente enviado a casa sin excepciones.

Pero para que un acuerdo del CA tenga validez lo ha de aprobar también el subdirector responsable de disciplina académica. O sea, la señora Bevan, que no estaba nada convencida.

JOANNA BEVAN, subdirectora del colegio Culvert

Yo estaba plenamente de acuerdo con la necesidad de una política en nuestro centro para tratar el ciberacoso. Estamos en el siglo XXI y es un tema que no va a desaparecer así como así.

Pero tenía ciertas reservas hacia lo de la tolerancia cero. Desde el cargo que ocupo, siempre me han asustado los castigos universales «de talla única».

CLAUDIA

Por suerte, cuando le enseñé a la señora Bevan el caso del instituto de

Arizona condenado a pagar un millón de dólares, sus reservas se disiparon. El jueves anunció la nueva política de tolerancia cero en un e-mail dirigido a todo el centro.

El mensaje salió a las 16:17 horas. A las 20:36, el muro de «Fans de Claudia Tapper» había desaparecido del todo de ClickChat.

¿Coincidencia?

Yo diría que no.

De esta forma, Atila Fembot se volvió a meter en su máquina del tiempo y se fue a saquear a otra parte, fuera de mi vida. Al menos por ahora.

Menos mal, porque tenía que volver a centrarme en La Guerra. Las fembots son miserables, pero nunca habrían creado esa página tan estúpida si Reese y Xander no hubieran colgado «La canción del chaleco».

Había que buscarles su merecido.

Y eso que Reese hacía todo lo posible para portarse bien conmigo. Pero no era suficiente. Demasiado tarde.

demasiado TARDEEEE...

REESE

Me sentía fatal por lo de «La canción del chaleco». Y cuando leí en el mensaje de la señora Bevan que todos deberíamos seguir cierto código de conducta para lo que hacemos en Internet, decidí aplicarme un código de conducta propio.

Pero no solo para Internet, sino para todo. A partir de ahora, iba a ser Alguien que Decide Ser Bueno con Todo el Mundo en Todo Momento y Pase lo que Pase.

Y conste que iba en serio. No provocaría a la gente, ni diría cosas feas ni haría nada malo a nadie, nunca jamás.

SOBRE TODO a Claudia.

Iba a ser el mejor hermano de la historia.

CLAUDIA

No era suficiente. Demasiado tarde.

CAPÍTULO 9
OPERACIÓN CORTE DE PELO ABSURDO

CLAUDIA

Después de la Salvajada en ClickChat, decidí dedicar el resto de mi vida a hacer que Reese y Xander sufrieran una humillación pública como mínimo cien veces peor que la que ellos me habían hecho pasar a mí.

Pero no fue tan fácil como esperaba.

Por una parte, la Operación Venganza Maloliente me había servido para comprobar que humillar a mi hermano era muy difícil. Algo que a un ser humano normal le haría pasar tanta vergüenza que pensaría en mudarse a otra región —como, por poner un ejemplo, apestar a pescado podrido durante tres días— a él no parecía importarle lo más mínimo.

Y hacer que sienta vergüenza Xander, que ni siquiera es humano, ya ni te cuento.

Pero es que además tenía que ser una humillación discreta, porque no quería que Reese y Xander (SOBRE TODO Xander) maquinaran nuevos ataques contra mí. Hiciera lo que hiciera, no podía dejar huellas.

Al final, idear un plan me llevó una semana entera.

Y aún habría tardado más si Rodrigo Barrando no se hubiera hecho un mohicano.

mi padre dice que para poner aquí una foto de Barrando tendría que pagar mucho de derechos

REESE

Rodrigo Barrando es el mejor jugador de fútbol del mundo. De verdad. Es un monstruo. Si no me crees, busca «mejores goles Rodrigo Barrando» en YouTube. El que le metió al Liverpool en la Champions League fue la BOMBA.

Y tiene un pelo de alucine.

CLAUDIA

Debo confesar que Barrando tenía un pelo bastante bonito. Era guapo y todo, hasta que tuvo la malísima idea de hacerse el corte mohicano, porque la forma de su cabeza no se presta nada de nada.

Bueno, a nadie le queda bien ese corte. Pero en el caso de Barrando, es peor.

REESE

¡A mí me pareció brutal! Lo hizo por una causa benéfica o algo así.

Estaba viendo la entrevista que le estaban haciendo en el *De cabeza,* cuando Claudia pasó por delante y dijo: «Ostras, ¡parece un PSICÓPATA!».

Y yo: «¡Pero si está IMPRESIONANTE!».

CLAUDIA

Entonces es cuando se me ocurrió convencer a Reese y a Xander de que se hicieran un mohicano para que se presentaran en el cole como si fueran lo más de lo más y todo el mundo se riera de ellos.

Entonces se darían cuenta de lo ridículo de su aspecto, pero ya sería demasiado tarde, porque para quitarse un mohicano lo único que puedes hacer es afeitarte la cabeza, lo que sería AÚN MÁS ridículo.

Estarían condenados a parecer idiotas durante varias SEMANAS.

Era una idea genial.

Solo me faltaba pensar un plan para que se hicieran el mohicano.

REESE

Recuerdo que un día, durante el desayuno, Claudia me dijo: «Deberías hacerte un mohicano».

Me pareció un tanto extraño.

CLAUDIA

Sabía que no iba a ser tan fácil. Lo hacía solo para tantear. Y la respuesta de Reese me ayudó mucho. Se rio por la nariz y dijo: «¡Sí, claro, como si mamá me fuera a dejar!».

Y entonces vi que lo difícil no sería convencer a Reese de que se hiciera un mohicano, sino que mi madre lo aprobara. Sin mencionar a los padres de Xander, que supongo que tampoco estarían entusiasmados con la idea.

Así que lo que tenía que hacer era crear una situación en la que se hicieran los mohicanos sin pedir permiso a sus padres.

En casa de Xander no sé cómo funcionan las cosas, pero en la nuestra, el tema peluquería es trabajo de Ashley.

junto con la compra, los dentistas, los balones nuevos (Reese), etc.

ASHLEY O'ROURKE, canguro

Tengo que decir que, en circunstancias normales, nunca hubiera dejado que tu hermano se hiciera un mohicano sin hablar antes con tu madre. JAMÁS.

CLAUDIA

Por eso tenía que crear algo así como una situación de crisis mohicana.

Sin ánimo de ofender, a Ashley no se le dan bien las crisis. Lo sé por experiencia. Primero le entra el pánico, y luego busca a alguien que le diga lo que tiene que hacer.

Y está dispuesta a aceptar órdenes de una persona de doce años si eso significa que no será ella la que tome la decisión. Así que, si provocaba la crisis adecuada, conseguiría su aprobación del mohicano.

Pero crear una situación en la que tu hermano TIENE QUE HACERSE UN MOHICANO EN MENOS DE MEDIA HORA (para que así Ashley no pueda ponerse en contacto con mi madre para pedirle permiso) no es tarea fácil.

Y acudir a Internet para estos casos tampoco ayuda mucho. Si buscas «situación crisis mohicano», no encontrarás demasiada información, salvo alguna crisis real relacionada con los indios mohicanos, lo cual es totalmente inútil cuando lo que buscas es algo sobre un corte de pelo en forma de cresta.

Total, que me costó bastante llegar a la idea del vídeo benéfico de Barrando.

Pero, una vez la tuve, generar la cuenta de correo falsa fue fácil.

MENSAJE ELECTRÓNICO FALSO (enviado a Reese Tapper y a Xander Billington)

OFERTA ESPECIAL PARA LOS FANS DE NUEVA YORK

De: ClubFansBarrando@gmail.com

Para: ClubFansBarrando@gmail.com

CCO: MONSTRUOFLIPAO@gmail.com, XLoRemata@gmail.com

Fecha 08/10/14 15:02:04 h

Asunto ¡OFERTA ESPECIAL PARA LOS FANS DE BARRANDO EN NUEVA YORK! ¡DAOS PRISA!

¡Holaa, fans de Barrando en Nueva York!

¡Tenemos una oferta especial SOLO PARA VOSOTROS!

Como sabéis, ¡Rodrigo está en vuestra ciudad SOLO HOY 8 DE OCTUBRE para rodar su vídeo benéfico especial para ayudar a los niños con enfermedades raras!

Todos los niños fans de Barrando de hasta 12 años QUE LLEVEN UN CORTE MOHICANO COMO BARRANDO podrán acudir al rodaje del vídeo especial en El Prado de las Ovejas de Central Park HOY A LAS 16:45 H ¡y salir en el vídeo con Barrando!

Si no lleváis el CORTE MOHICANO, lo sentimos mucho pero NO PODRÉIS SALIR EN EL VÍDEO NI CONOCER A BARRANDO.

¡Tenéis que llevar el CORTE DE PELO MOHICANO para participar y conocer a vuestro ídolo!

¡Esperamos veros HOY 8 DE OCTUBRE A LAS 16:45 H en El Prado de las Ovejas con vuestra cresta mohicana!

¡Arriba las crestas, cuate!

Hector Domínguez

Presidente del Club de Fans de Barrando
Nueva York

CLAUDIA

Creo que mi mensaje falso no quedó nada mal teniendo en cuenta que ni siquiera sé de dónde es Barrando. De hecho, estaba tan orgullosa que se lo enseñé a Sophie y a Carmen.

Y no les sentó muy bien.

CARMEN GUTIÉRREZ

Burlarse de la gente de fuera no es

nada enrollado. Los inmigrantes se enfrentan a UN MONTÓN de desafíos que, sinceramente, tú, como miembro de la cultura dominante, puede que no veas.

CLAUDIA

Lo sé. ¡Es un tema que respeto mucho! Juro que no pretendía burlarme de nadie de fuera. Solo intentaba imitar a alguien de fuera para engañar a Reese y Xander.

SOPHIE KOH

Pues no sé qué decir. Son arenas movedizas.

CLAUDIA

Pero no puedo explicar lo del mohicano sin el mensaje. ¿Qué os parece si lo incluyo pero lo acompaño de una disculpa por si he ofendido a alguien?

CARMEN

Buena idea.

SOPHIE

Sí, bien pensado.

CLAUDIA

Para que conste, quería pedir

oficialmente disculpas por si alguien considera que el mensaje era ofensivo y/o nada enrollado.

También me gustaría señalar que solo se lo envié a Reese y a Xander. Que son burros. Y además apenas saben leer.

El momento de enviar el mensaje era fundamental, porque tenía que hacerlo cuando a) Reese y Xander mirasen su correo y b) les quedase el tiempo JUSTO para hacerse el mohicano y acudir al supuesto lugar de rodaje del vídeo, pero de manera que c)a Ashley no le diera tiempo de contactar con mi madre.

Así que esperé hasta la tarde del miércoles siguiente, cuando no tenían fútbol y mi madre estaba en un avión en dirección a California y no podía recibir mensajes en el móvil.

Aquel día yo tenía Consejo de Alumnos, pero envié el mensaje justo antes de que empezara. Esperé cinco minutos, me inventé una excusa para salir de la reunión y llamé a Reese.

REESE

Cuando Claudia me llamó, estaba en el autobús con Ashley. Me dijo: «¿Has oído lo del vídeo de Barrando? TODO EL MUNDO habla de eso».

Y yo contesté: «¿Ein?».

Y ella, en plan: «¡Mira el correo, deprisa!». Y colgó.

Me pareció bastante raro, pero miré mi correo y encontré un mensaje del Club de Fans de Barrando —al que no recordaba haberme apuntado nunca— que decía que me hiciera un mohicano y fuera a Central Park a conocer a Barrando.

Y me puse histérico y le supliqué a Ashley que me llevara a la peluquería esa que hay en Columbus Circle.

ASHLEY O'ROURKE (Mensajes a nuestra madre)

He dejado un mje. tel. Llama URG

Tengo una pregunta ref. a Reese. Llama!!

No lo coges. Necesito saber URG si ok q Reese se corte el pelo a lo mohicano

Puedes llamarme? Emergencia. Difícil por whats

CLAUDIA

Como ya supuse que Ashley necesitaría un empujoncito, esperé un poco, volví a salir de la reunión del Consejo de Alumnos y llamé a Ashley. Cuando el señor McDonald me preguntó por qué salía tanto, le dije que tenía problemas femeninos. Eso siempre asusta a los profesores y hace que no pregunten más.

ASHLEY

Reese había recibido un mensaje muy raro sobre un futbolista que iba a convertirlo en estrella de cine si se cortaba el pelo a lo mohicano en solo diez minutos o algo así.

No pude hablar por teléfono con tu madre para que me diera su permiso, y tu hermano estaba que se subía por las paredes. Y entonces vas tú y me llamas: «¡Hola, Ash! Nada, que en el cole he oído esa historia del corte mohicano y creo que Reese debería hacérselo seguro porque es una de esas cosas que solo las vives una vez. Si no lo hace, lo lamentará el resto de su vida y…».

Un momento. ¿Por qué me preguntas por esto?

CLAUDIA

Por nada especial.

ASHLEY

Creía que esta entrevista era solo sobre la gran pelea que tuvisteis tu hermano y… ¡OH, DIOS MÍO, CLAUDE! ¡¿Lo del corte mohicano también?! ¿Enviaste TÚ aquel mensaje?

CLAUDIA

Mmm… puede.

ASHLEY

¡¡¡CLAUDE!!! ¿Cómo PUDISTE? ¡Me metiste en un lío muy gordo!

CLAUDIA

Perdona, Ash.

[Nota de la cronista: ¡Glups! Había olvidado que hasta ahora nadie sabía que el mensaje del mohicano fue cosa mía.]

ASHLEY

De verdad, Claude, no tuvo ninguna gracia. Tu madre estaba DESTROZADA cuando me llamó aquella noche.

NUESTROS PADRES (Mensajes del móvil)

¿HAS VISTO ESTO?

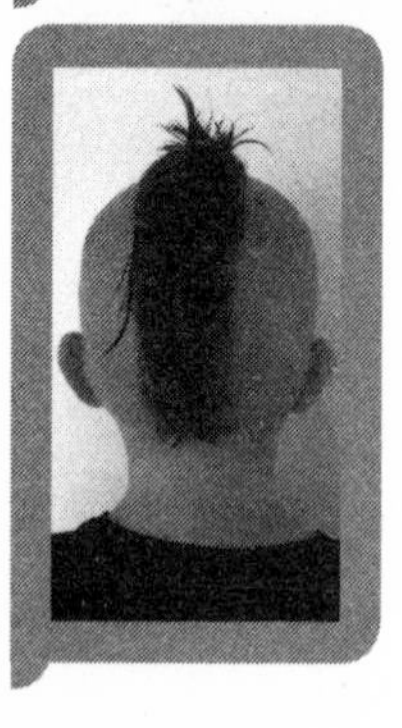

Supongo q es una broma

PARA NADA. ES LA CABEZA D TU HIJO

Le has dejado hacerse eso?

CLARO Q NO. ESTOY MUY, MUY ENFADADA CON ASHLEY

Podría ser peor

EL MOHICANO LE HA COSTADO 75$

T llamo

ASHLEY

Pero no fue solo eso. Encima Reese y yo estuvimos como dos horas dando vueltas por Central Park buscando el rodaje de un vídeo que no existía. Reese casi se puso a llorar.

REESE

Era de lo más raro. En plan que no encontrábamos lo del vídeo por ningún lado y cuando busqué «noticias de Barrando» en Internet, vi que aquel día ni siquiera estaba en Estados Unidos. *[Nota de la cronista: Reese sigue sin saber que el mensaje lo envié yo.]* Y al día siguiente, el único que también había recibido el mensaje era Xander. ¡Flipador, porque él odia a Barrando!

XANDER

Barrando es un zurullo. Todo el equipo del Manchester United es un zurullo. ¡BIEN POR EL CHELSEA!

CLAUDIA

No sabía que Xander odiaba a Barrando.

Eso quería decir, claro, que, por parte de Xander, la Operación Corte de Pelo Absurdo estaba condenada al fracaso desde el principio. Y, aunque lo de engañar a Reese para que se hiciera un mohicano funcionó muy bien, todo fue un completo fracaso por un factor que no tuve en cuenta.

REESE

Aún estoy rayado por lo de no ver a Barrando ni salir en un vídeo con él, pero estoy supercontento de haber recibido ese mensaje.

Porque, si no, nunca me habría hecho un mohicano. ¡Y fue una PASADA!

CLAUDIA

Le encantó su mohicano.

De verdad, créetelo, le encantó. Estaba megaemocionado con su ridículo corte de pelo.

Y, aún peor, a todos sus amigos burros futboleros también les encantó.

REESE

Los tíos de los otros equipos flipaban en colores. En el primer partido en que jugué así, le robé tres balones seguidos a un chaval del City Kickers, y estoy seguro de que era porque le asustaba mi corte de pelo.

Ojalá mi madre me deje hacerme otro mohicano.

NUESTROS PADRES (Mensajes del móvil)

Reese dice q quiere hacerse otro mohicano

Por encima d mi cadáver

enviado por mi padre 2 meses después, cuando a Reese ya le había crecido el pelo

CAPÍTULO 10
LA GUERRA LLEGA AL PLANETA AMIGO

CLAUDIA

La Operación Corte de Pelo Absurdo fue un buen palo, pero, cuando acabó, me di cuenta de que, si quería ganar La Guerra, tenía que empezar a pensar como mis enemigos.

Es decir, la humillación pública era el peor castigo posible que podía haber en el mundo para MÍ. Y también para cualquiera con cerebro. Pero a Reese y a Xander les daba absolutamente igual, porque eran demasiado inmaduros para sentir vergüenza. Es como los bebés que andan por el mundo desnudos, con todas sus cosas colgando, porque no distinguen, los pobres.

A nivel mental, es más o menos donde estaban este par. En otras palabras: si quería jorobarles, tenía que golpearles donde realmente les doliera.

Así que me pregunté: ¿qué le importa DE VERDAD a Reese?

¿Qué es para él lo más importante de su vida?

¿Y cómo puedo destruirlo?

Solo había una respuesta.

Bueno, no, había dos. Pero una era su equipo de fútbol, y destruir al Manhattan United causaría muchas víctimas inocentes. Como Jens Kuypers, que hace de delantero (creo, yo no entiendo) y es una persona tan increíblemente amable que me agregó como amiga en ClickChat a los dos días del espectáculo de terror de «La canción del chaleco». Y eso, por cierto, como cuando me saludó por el pasillo, fue muy amable por su parte, pero solo sirvió para hacerme sentir más inútil, porque sabía que solo me quería como amiga por lástima.

Por lo tanto, si no podía cargarme el equipo de fútbol, solo quedaba la otra Cosa Más Importante de la vida de Reese:

MetaWorld. Algo que yo desconocía por completo. Porque, en lo que a mí respecta, solo los burros juegan a MetaWorld.

Tuve que investigar un poco. Me creé una cuenta de MetaWorld y aquí tuve la primera sorpresa, algo que me dejó muy tocada:

MetaWorld es, de hecho, muy, muy guay.

WikiWiki

MetaWorld

MetaWorld es un videojuego independiente de tipo sandbox o mundo abierto en el que los jugadores crean entornos tridimensionales en planetas diseñados por ellos. A partir de MetaWorld 2.0, los jugadores pueden jugar en modo Sociedad, donde crean estructuras económicas y políticas para sus planetas...

Más que un videojuego es un montón de videojuegos unidos en uno. Según el modo en el que te pongas, hay MIL formas diferentes de jugar a MetaWorld.

Por ejemplo, la primera noche que estrené mi cuenta, utilicé el modo Sociedad para crear mi planeta. Lo llamé «Claudarama» e hice que todos los que lo habitaran fueran músicos y artistas, porque así es el planeta en el que me gustaría vivir.

Pero, como todo el mundo estaba ocupado con su arte, nadie cultivaba comida. Y no había nada para comer. Y en muy poco tiempo mis artistas empezaron a morirse de hambre.

Así que tuve que crear la tira de agricultores y granjeros. Y trabajadores de fábrica, y profesores, y muchos tipos más de gente, porque resulta que, si tu sociedad solo tiene músicos y artistas, se hunde.

Fue una experiencia muy educativa.

Luego quise crear un castillo para la gobernante de Claudarama, la presidenta Claudaroo. Pero, a fin de recaudar dinero para hacer un castillo impresionante, tuve que instaurar unos impuestos planetarios del 70%.

hubiera sido como el Taj Mahal (si lo hubiera acabado)

Y se ve que eso era demasiado, porque, antes de empezar las obras del castillo, todo el mundo se había declarado en huelga. Incluidos los músicos y los artistas.

Un tortazo en toda la cara, vaya, teniendo en cuenta que yo los había creado.

Para que volvieran al trabajo, tuve que formar un cuerpo de policía fuerte y utilizar un poco la porra. No me gustó, pero, si no quieres que tu planeta sea un caos, a veces tienes que tomar decisiones duras.

Otra experiencia MUY educativa.

Metaworld en modo Sociedad

Una vez solucionado el problema de la huelga, quise volver a lo de construir el castillo. Hasta que vi en el reloj que eran casi las doce de la noche y no había ni empezado a estudiar para el examen de francés del día siguiente.

Insisto, Metaworld mola bastante. La verdad es que mola DEMASIADO, porque es totalmente adictivo.

Y, claro, no lo acababa de entender, porque lo que molaba no era nada que le pudiera atraer a Reese. Era demasiado interesante e inteligente para él.

Hasta que descubrí el modo Conquista.

WikiWiki

MetaWorld

... MetaWorld 3.0 introdujo un nuevo modo de juego, Conquista, en el que los jugadores pueden luchar en forma de combate en una arena multijugadores o en guerra generalizada ilimitada...

ESO parecía mucho más lógico. Era imposible que Reese pasara tantas horas como pasa conectado solo para construir cosas y asegurar la economía de su planeta.

En cambio, ¿matando gente? Sin duda.

Al principio, supuse que mataba a gente de un planeta suyo y que si yo quería acabar con él tendría que convertir Claudarama en una superpotencia militar y aplastar el planeta de Reese como quien chafa un tomate.

Pero resultó que su planeta, que se llamaba «ReeseManda», era básicamente un páramo apocalíptico, y no a propósito. Reese cuidaba de su planeta tan mal —según su registro de actividades, hacía tres meses que no aparecía por allí— que todo había sido invadido por una especie de pollos zombies. Se habían comido todos los demás seres vivos del planeta y, para cuando yo entré, ya se estaban picoteando el cerebro unos a otros.

Era un misterio. Si Reese no iba a su propio planeta, ¿dónde se pasaba las doce horas del día que estaba conectado a MetaWorld?

La respuesta era el Planeta Amigo.

REESE

El Planeta Amigo es un planeta de flipar que Akash Gupta, uno de tercero, construyó en el modo Conquista con sus amigos.

Como Akash es un genio de la programación, Planeta Amigo tiene todo tipo de arenas para los combates a muerte, y un sistema de puntuación genial con el que ganas dinero cuando vences los combates.

No es dinero de verdad, es dinero de Planeta Amigo, pero es igual de bueno, porque te vale para construir un castillo gigante para tu personaje, y un ejército para protegerlo y evitar que te lo quemen.

También puedes usar tu ejército para quemar los castillos de otra gente. Guay.

tamb
violen
antis

Antes Akash y sus amigos machacaban a todo el mundo en los combates a muerte, pero supongo que al final se aburrieron, porque ahora ya casi nunca se les ve por el Planeta Amigo. Desde que se fueron, Xander y yo hemos estado arrasando. Wyatt también es bastante bueno. Y Wenzhi, pero sus padres solo le dejan jugar el fin de semana. James Mantolini no lo hacía mal, pero grifeaba mucho y Akash lo baneó.

Últimamente han entrado unos chavales finlandeses que están dando caña. Me preocupa un poco. Han salido de la nada y pintan peligrosos.

Pero por ahora se puede decir que el planeta lo gobernamos Xander y yo. Tenemos los castillos más grandes y más soldados que nadie y, si quisiéramos, podríamos hacer pillajes y quemar todos los demás castillos.

Pero entonces se irían todos y no tendríamos a quien ganar en los combates. Así que los dejamos rondar por ahí.

CLAUDIA

Total, que el modo Conquista es el MetaWorld para la gente idiota y violenta. No sé por qué no lo llaman directamente «modo Idiota Violento». En fin.

Cuando descubrí dónde pasaba tanto tiempo Reese creé un avatar, VíboraSigilosa999 (sonaba como los nombres de usuario que utilizan Reese y los burros de sus amigos), le di apariencia de matón musculoso (por lo mismo de antes) y entré en el Planeta Amigo.

Una vez creado, estaba sola en una cabaña vacía. Al salir me vi en mitad de un páramo apocalíptico. Pero, a diferencia de ReeseManda, este parecía un páramo apocalíptico intencionado. Había otras cabañas dispersas, y a lo lejos se veía un par de edificios grandes, como castillos.

De pronto salió de una cabaña un matón musculado (luego vi que el 99% de los habitantes del Planeta Amigo son matones musculados) y caminó hacia mí.

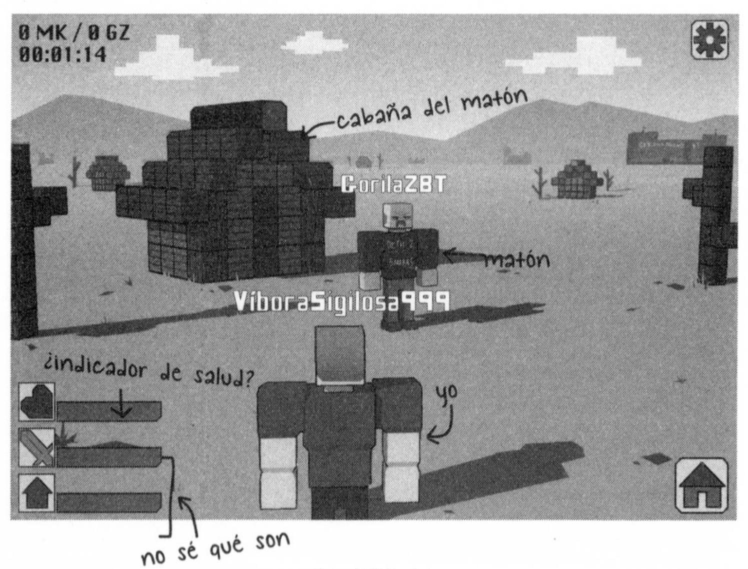

Entonces descubrí que en Metaworld puedes chatear con otros personajes escribiendo en el recuadro que hay al pie de la pantalla. La conversación empezó bastante bien:

REGISTRO DE CHAT DE METAWORLD

<<GorilaZBT: hey>>
<<VíboraSigilosa999: Hola>>

CLAUDIA

Pero entonces sacó una espada y la cosa pintó peor:

REGISTRO DE CHAT DE METAWORLD

<<VíboraSigilosa999: ¿Cómo se consigue una espada?>>
<<GorilaZBT: muere, noob!>>

CLAUDIA

Me mató a espadazos mientras yo tecleaba en el recuadro de chat «¿qué es noob?».

Volví a generarme, me planté en mi cabaña vacía y, cuando salí de nuevo al exterior, GorilaZBT seguía donde lo había dejado.

REGISTRO DE CHAT DE METAWORLD

<<VíboraSigilosa999: ¿Por qué me has matado a espadazos?>>
<<GorilaZBT: por orro, que si no?>>
<<VíboraSigilosa999: ¿Puedes dejar la espada para tener una conversación civilizada?>>

CLAUDIA

Como vi que dejaba la espada, pensé que habíamos avanzado un poco.

Pero entonces cogió una antorcha y prendió fuego a mi cabaña.

REGISTRO DE CHAT DE METAWORLD

<<VíboraSigilosa999: ¿Eso es una antorcha?>>
<<VíboraSigilosa999: ¿Dónde se consiguen?>>
<<VíboraSigilosa999: ¿POR QUÉ ME QUEMAS LA CABAÑA?>>
GorilaZBT ha quemado la cabaña de VíboraSigilosa999.
<<VíboraSigilosa999: Tienes algún problema mental grave. Creo que deberías ir al psiquiatra>>

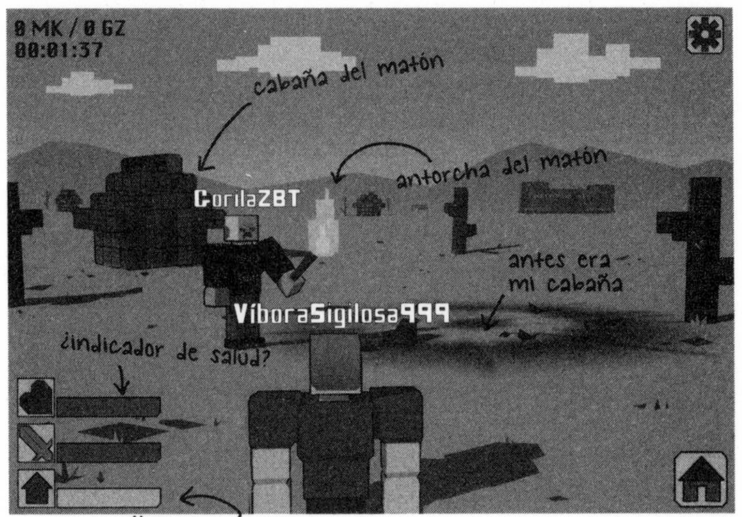

CLAUDIA

Entonces me volvió a matar a espadazos.

Pero esta vez ya no podía regenerarme y meterme en la cabaña, porque me la habían quemado.

Así que me regeneré en un lugar perdido en mitad del páramo.

Por suerte, no había rastro de GorilaZBT.

Por desgracia, había avatares de otra gente.

Y me mataron a espadazos.

Me pasó una y otra vez hasta que

aprendí a escapar. Lo cual era bastante fácil, si no fuera porque al correr chocaba a veces con campos de fuerza invisibles y salían mensajes como este:

REGISTRO DE CHAT DE METAWORLD

Acceso a DESERT3 denegado. Combate en curso. Si quieres participar en un deathmatch del Planeta Amigo, inscríbete en AMIGOCENTRAL.

CLAUDIA

Tardé una eternidad —y tuve que leer un montón de entradas en la WikiWiki sobre MetaWorld— para entender qué significaba todo aquello.

Básicamente, para impedir que toda la gente con la que te cruces en el Planeta Amigo te mate a espadazos, necesitas un castillo y un ejército. Pero, para comprar el castillo y el ejército, necesitas mucho orro, que es la moneda del Planeta Amigo (no me preguntes por qué le ponen otra erre).

Puedes ganar orro haciendo algo violento y/o psicótico: matar a alguien te da 5 orros, quemarle la cabaña, 10 orros, etc.

Pero si ganas un deathmatch o combate a muerte —que es un combate múltiple en el que todo el mundo intenta matar a todo el mundo a la vez—, consigues 1.000 orros.

O sea que los combates a muerte son lo más importante del Planeta Amigo. Para que empiece uno basta con que se reúnan unos doce jugadores, lo que quiere decir que siempre se está haciendo alguno.

Y Reese debe de haber ganado MONTONES de combates, porque cuando por fin encontré su castillo, era increíblemente grande. Además, en cuanto me acercaba un poco, salía corriendo de él un montón de soldados y yo recibía un mensaje que decía:

REGISTRO DE CHAT DE METAWORLD

<<NPC: AVISO: estás entrando en territorio de Monstruoflipao. Vete ahora o muere, basura. ¡Que tengas un buen día! :) >>

CLAUDIA

Si no me daba la vuelta y me iba inmediatamente, los soldados de Reese me matarían a espadazos.

La situación era un poco desmoralizante, porque estaba claro que la única forma de acabar con Reese en el Planeta Amigo era ganando muchos combates para poder comprar un ejército más grande que el suyo.

Pero cuando empecé a enviar a VíboraSigilosa999 a los combates a muerte, la cosa no fue muy bien.

Prácticamente todos los registros de chat de los combates en los que entré como VíboraSigilosa999 quedaron así:

REGISTRO DE CHAT DE METAWORLD

16 jugadores en deathmatch BOSQUE1 del Planeta Amigo.

Deathmatch BOSQUE1 comienza en 5...

4...

3...

2...

1...

TremEnDo ha matado a VíboraSigilosa999.

CLAUDIA

Siempre era la primera en morir. Me mataban antes de que pudiera sacar la espada.

Ni siquiera llegué a saber si tenía espada. Todo era bastante confuso.

A lo mejor si hubiera podido jugar combates a muerte las 24 horas del día durante varias semanas, hubiera llegado a dominar el tema. Pero ya llevaba tres noches seguidas investigando MetaWorld y empezaba a sufrir las consecuencias: aquella semana la clase de guitarra fue un desastre porque no había practicado; iba superretrasada en el trabajo de reseña de lectura y había sacado un 8,2 en el examen de francés. (Si Reese hubiera sacado 8,2 en un examen de francés, estaría tan emocionado que lo colgaría en la nevera, pero para mí era un resultado vergonzoso.)

De forma que, por mucha sed de venganza que tuviera hacia Reese y Xander, la única manera de que se produjera en el Planeta Amigo era por intervención divina.

Y da la casualidad de que yo soy amiga personal del dios del Planeta Amigo.

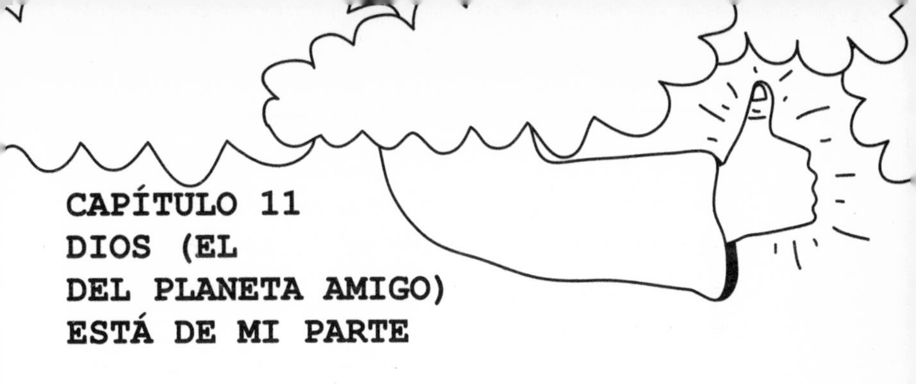

CAPÍTULO 11
DIOS (EL DEL PLANETA AMIGO) ESTÁ DE MI PARTE

CLAUDIA

Akash Gupta es el administrador del Planeta Amigo, lo que no solo significa que él ha creado todo el planeta, sino que puede hacer lo que quiera en él.

Si quieres matar a cientos de soldados y quemar el gigantesco castillo de alguien aunque seas tan novata que no logras averiguar qué botón activa tu espada, Akash es sin duda la persona a la que hay que conocer.

AKASH GUPTA, admin/dios del Planeta Amigo

Se llama Planeta Amigo porque Dave, Kwame y yo empezamos a planearlo el curso pasado en clase de castellano y la profa estaba leyendo un poema sobre unos amigos. En cuanto lo descubrieron los chavales de los primeros cursos, lo petó. La mitad de la gente que juega ahora ya ha salido de Culvert.

Hay unos jugadores de Finlandia, lo cual es bastante sorprendente, porque no sé ni cómo se enteraron de que existía.

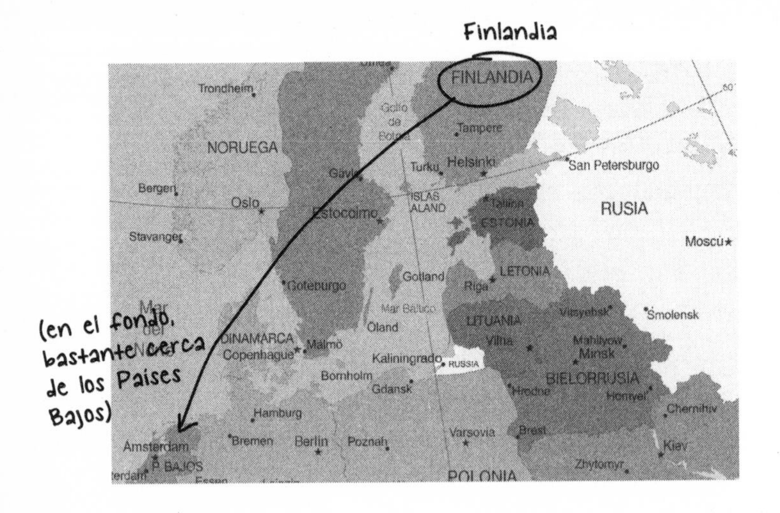

Pero es un peñazo ser administrador de un planeta tan grande. Me paso la vida recibiendo mensajes de los de primero que se acusan entre ellos de robar, para que los banee. Y una vez me llamó una madre de primero porque había baneado a su hijo porque grifeaba, vaya que robaba a todo el mundo y tuve que decirle: «Mire, señora, su hijo está trastornado».

CLAUDIA

¿A que lo adivino? ¡James Mantolini!

AKASH

Sí. A ese chico le pasa algo.

Total, lo más absurdo es que yo ya no voy casi nunca al Planeta Amigo. Ahora me va mucho más FuerzaBruta, y ando por el multijugadores de allí. Si te soy sincero, MetaWorld me parece ya un poco infantil.

Pero, como sigue siendo mi planeta, tengo que administrarlo. O sea que estoy condenado a dedicar un montón de tiempo a ser el dios de un lugar por el que ni siquiera me paseo. Es bastante cargante.

CLAUDIA

Además de ser el hermano mayor de mi amiga Parvati, Akash está conmigo en el Consejo de Alumnos. Es el tesorero de su curso, y el año pasado los dos convencimos a Culvert para que recaudara fondos para las víctimas de las inundaciones de Indonesia. Desde entonces somos aliados políticos. Nos llevamos todo lo bien que se pueden llevar dos alumnos de dos cursos diferentes del sexo opuesto sin ser novios.

PARVATI

¡Madre mía, yo sí que me creí al principio que acabaríais saliendo juntos!

Recuerda aquel día que os quedasteis HORAS y HORAS en la cafetería.

CLAUDIA

Era una negociación muy complicada, y tenía que convencer a Akash de que me ayudara. No le apetecía nada la idea de cometer un abuso de poder.

AKASH

Yo soy un dios justo. No me gusta meterme con mi gente solo porque puedo. Si alguien del Planeta Amigo me pidiera siempre ayuda para hacer trampa, es obvio que no lo haría.

CLAUDIA

Pero, por suerte para mí, Akash había visto «La canción del chaleco» en ClickChat.

AKASH

Colgar aquello fue muy bestia. Entendía que quisieras darle una paliza a alguien. Por otra parte, tu hermano me cae bastante bien, pero con ese Xander no puedo. Es un animal. Por eso me decidí a ayudarte, siempre y cuando solo te metieras con ellos dos.

CLAUDIA

Lo que yo quería era matar a todos los soldados de Reese y Xander, quemar sus castillos y que reaparecieran en mitad de la nada y sin orro. Pero Akash no estaba por la labor.

AKASH

Era demasiado cruel. Vaya, cuando vi lo enormes que eran ya los castillos de Reese y Xander, aluciné bastante. Esos dos han debido de pasar cientos de horas luchando en combates a muerte para ganar suficiente orro para construir todo aquello.

CLAUDIA

Por eso. Hubiera sido una lección muy buena de cómo NO TIENES que perder la vida entera luchando en combates a muerte.

AKASH

Eso es cosa de los padres. Yo no voy a castigar a un chaval por perder su vida.

Como he dicho antes, soy un dios justo.

Pero sí que estaba dispuesto a dejarte castigarlos en los combates a muerte. Siempre y cuando disimularas.

CLAUDIA

Total, que le pedí a Akash un escudo o algo para que fuera imposible matarme. Y rayos láser para disparar por los ojos.

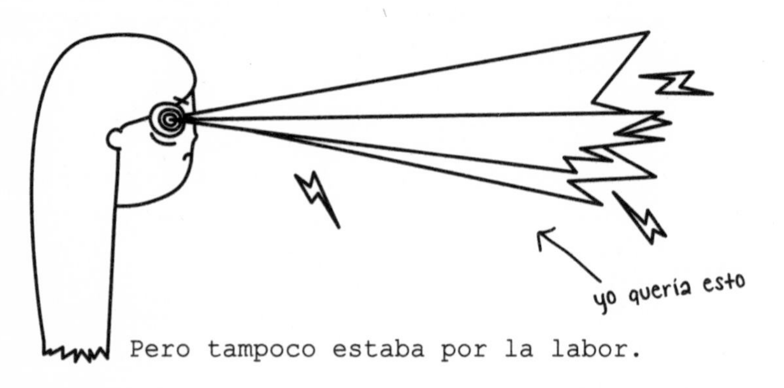

Pero tampoco estaba por la labor.

AKASH

Es que si hacía imposible matarte todos los participantes del combate a muerte se darían cuenta y me bombardearían con quejas.

Y lo de los ojos con láser me hubiera supuesto un montón de horas codificando. Y, sin ánimo de ofender, me caes bien, pero no como para codificar un montón de horas.

CLAUDIA

Ya lo entendí. Y no quería causarte problemas. Solo quería asesinar anónimamente a Reese y Xander unos cientos de veces.

AKASH

Básicamente, querías ser invisible.

CLAUDIA

Exacto. Y, cuando lo sugeriste, me pareció perfecto.

← yo, siendo invisible (¿lo pillas?)

AKASH

La invisibilidad era fácil. Ni siquiera tenía que codificarla. Encontré un mod *online* y lo instalé en cosa de cinco minutos.

Pero luego tuve que pasarme un par de horas enseñándote a matar gente en los combates a muerte. Tienes poco arreglo, ni siquiera siendo invisible.

CLAUDIA

Lo sé. Soy una patata en los videojuegos. ¡Gracias por ser tan paciente! ¡Y por volverme invisible! Te lo agradezco de verdad. En serio, eres un dios.

AKASH

Sí que lo soy. De nada.

CAPÍTULO 12
LA TERRIBLE VENGANZA DE MUERTE INVISIBLE

CLAUDIA

En cuanto Akash me configuró la invisibilidad y me enseñó un par de técnicas básicas para matar, borré VíboraSigilosa999 —que debo confesar que no tenía nada de sigilosa y menos de víbora— y creé otro avatar, al que llamé MuerteInvisible.

Por razones obvias.

Ya era viernes por la tarde, y el fin de semana Reese pasa prácticamente todos los minutos del día que está despierto (y no está en algún partido) en MetaWorld. Y yo estaba impaciente por empezar mi venganza.

Pero justo aquel viernes, Reese suspendió un examen de mates. La nota era tan mala (hasta para los bajísimos estándares de mi hermano) que la señorita Santiago le obligó a llevárselo a casa para que se lo firmaran.

REESE

No entiendo a qué vino tanta bronca. Saqué un «Muy Bien».

CLAUDIA

Os contaré algo sobre las notas en el Culvert. Hace unos años, unos padres se quejaron porque el sistema habitual dañaba la autoestima de sus hijos. Y ahora, en lugar de Sob., Not., Bien, Suf. e Insuf., decimos: «Increíble», «Espectacular», «Excelente», «Muy bien» y «Vale».

O sea, una tontería como una casa. Porque, aparte de los nombres, no ha cambiado nada. Si llevas un «Muy bien» en tu boletín, tus padres tienen que acudir a una entrevista especial con tu tutor. Y si sacas más de una vez un «Vale», te dicen en resumen que vayas buscando otro centro.

Por otra parte, conozco a los padres que se quejaron y —sin pasarme de lista ni nombrar a nadie— te puedo asegurar que lo único que sus hijos NO NECESITAN PARA NADA es más autoestima.

Total, que aquel viernes, cuando Reese llegó con esa nota, nuestros padres reaccionaron como hacen habitualmente, quitándole todos los aparatos electrónicos durante una semana. En otro momento habría aplaudido su decisión. Pero esta vez era un gran problema. No solo tendría que esperar toda una semana para vengarme, sino que, además, cuando Reese se queda sin sus aparatos, deambula todo el día por la casa y no hace más que pedirme que juegue al Jenga con él.

Y eso sí que me fastidia, porque el Jenga se me da fatal.

El domingo por la tarde ya me subía por las paredes. Decidí coger el toro por los cuernos. Como mi madre acababa de irse hacia el aeropuerto a otro viaje de trabajo, me centré en mi padre.

Modestia aparte, yo puedo llegar a ser muy persuasiva. A los cinco minutos, mi padre estaba escribiendo a mi madre:

NUESTROS PADRES (Mensajes del móvil)

Claudia dice q hemos sido muy duros con Reese por lo del examen d mates. Q muchos se quejaron d q la nota ha sido especialmente baja

Le ha pagado Reese para q t lo diga?

No creo. Está en su habitación jugando solo al Jenga. ¿Le devuelvo los aparatos electrónicos?

Creo q debemos ser firmes.
Leí en un artículo q en los castigos es importante ser coherente

No sé. No crees q podríamos dejarle al menos el portátil?

Eso es q tú no quieres jugar al Jenga

Claudia ha insistido mucho. La verdad es q ha sido bonito verla defender a su hermano

aquí me he sentido un poco culpable

Me alegro d q lo haya perdonado por fin. OK. Dale el portátil. Pero antes repasad las respuestas del examen d mates

CLAUDIA

Lamentablemente, el «repasad las respuestas del examen de mates» se convirtió en una horrible pesadilla para Reese y para mi padre (que no tiene demasiada paciencia con Reese y sus deberes), y Reese no recuperó su portátil a tiempo para poder entrar en MetaWorld aquella noche.

Y, cuando en la cena mi padre le dijo que le había reducido el castigo gracias a

no existe
(pero no encuentr
una palabra mejor

mí, Reese se mostró tan baboseantemente agradecido que pensé que hasta me iba a intentar abrazar. Y se pasó todo el lunes siendo tan amable conmigo que —aunque la pesadilla de «La canción del chaleco» SEGUÍA dándome dolores de barriga cada vez que pensaba en ello— empecé a plantearme hasta qué punto quería aún vengarme.

Pero en la clase de gimnasia de la tarde me tocó jugar al voleibol contra un equipo en el que estaba Xander. Cuando yo estaba a punto de servir (lo que ya es bastante traumático para mí, porque con el voleibol soy aún peor que con el Jenga), Xander empezó a cantar: «¡ESE CHALECO DE CUERO...!».

Algunos se rieron y yo me puse muy roja y lógicamente fallé el servicio. Y con eso se acabaron mis remordimientos. En ese momento, lo único que me remordía era apuñalar a Xander solo en MetaWorld y no en la vida real.

Eran casi las nueve de la noche cuando Reese acabó los deberes y entró en MetaWorld. Para entonces, mi avatar MuerteInvisible llevaba media hora rondando invisiblemente por la plaza principal del

Planeta Amigo, esperando a que Reese y Xander aparecieran y se apuntaran a un combate a muerte.

Cuando lo hicieron, me emocioné y asusté por igual, porque, por mucho que hubiera practicado con Akash, me daba miedo fastidiarla.

Pero resultó ser muy fácil. Les seguí hasta un combate a muerte y, en cuanto empezó, me bastó con correr hacia ellos y asestarles varios golpes con la espada.

Se volvieron locos. Me reí tanto que hice capturas de pantalla:

REGISTRO DE CHAT DE METAWORLD

[Nota de la cronista: Reese es «Monstruoflipao» y Xander es «XLoRemata».]

16 jugadores en deathmatch DESIERTO1 del Planeta Amigo.

Deathmatch DESIERTO1 comienza en 5...

4...

3...

2...

1...

MuerteInvisible ha matado a Monstruoflipao.

<<Monstruoflipao: QUEEEEEE????>>
Braguetone ha matado a Aullador.
<<Monstruoflipao: kien es mteinvible? no se t ve>>
<<XLoRemata: ja ja flipao eres un pkt!>>
MuerteInvisible ha matado a XLoRemata.
<<XLoRemata: KE KE KEEE??? NO PUEDE SER!!>>
<<MuerteInvisible: Es>>
<<Monstruoflipao: flipador>>
<<XLoRemata: NO ESTOY MUERTO! NO HABIA NADIE CERCA!!!>>
<<MuerteInvisible: Yo te veo bastante muerto. Mira, ahí está tu cadáver.>>
<<Monstruoflipao: mteinvible donde estas?>>
Finlandiaman ha matado a TruenoGigante.
<<XLoRemata: NO HABIA NADIE!!! HACES TRAMPA!!!>>
<<MuerteInvisible: Estás muertito>>
Braguetone ha matado a Chungo.
<<XLoRemata: NO SE PUEDE SER INVISIBLE EN UN COMBATE A MUERTE!!!>>
<<MuerteInvisible: ¿Ah, no? Pues parece que yo sí>>
<<Braguetone: tíos, tais petando el chat. Id a llorar a otra parte>>
<<Monstruoflipao: X vamos a otro combate>>

captura de pantalla de primera matanza

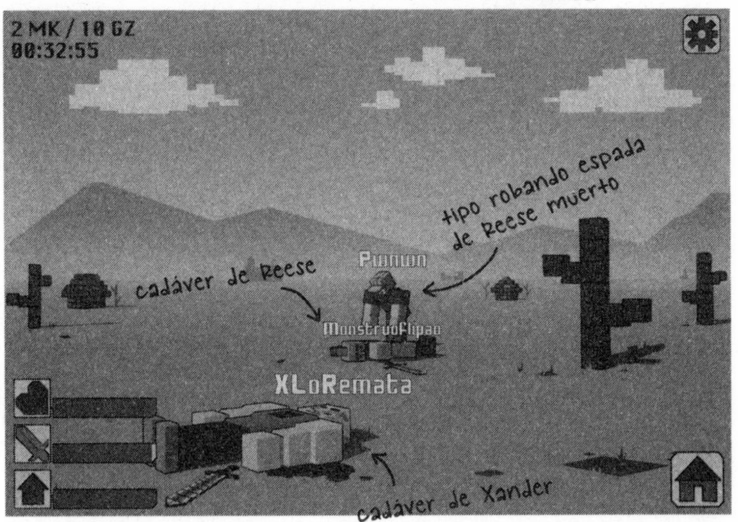

CLAUDIA

Debo confesar que mi primera matanza fue extremadamente gratificante. Además de lo que estaban alucinando Reese y Xander en el chat, oía a Reese al otro lado de la pared, en su habitación, gritándole al portátil: «¿QUÉEEE? ¡NO PUEDE SER!».

Probar la sangre me hizo querer más, así que, cuando Reese y Xander salieron, yo volví a Amigo Central y esperé a que reaparecieran y se apuntaran a otro combate, para volver a seguirlos:

REGISTRO DE CHAT DE METAWORLD

16 jugadores en deathmatch CIUDADMUERTE del Planeta Amigo.
Deathmatch CIUDADMUERTE comienza en 5...
4...
3...
2...
1...
MuerteInvisible ha matado a Monstruoflipao.
MuerteInvisible ha matado a XLoRemata.
<<Monstruoflipao: NO TIENE GRACIA!!!>>
<<XLoRemata: T MATAREMOS!!!>>
<<MuerteInvisible: No entendéis bien la situación. Diría que soy yo quien os está matando :-)>>

CLAUDIA

La historia se repitió un buen rato:

REGISTRO DE CHAT DE METAWORLD

16 jugadores en deathmatch SELVA2 del Planeta Amigo.
Deathmatch SELVA2 comienza en 5...
4...

3...
2...
1...
MuerteInvisible ha matado a XLoRemata.
MuerteInvisible ha matado a Monstruoflipao.
<<Monstruoflipao: NO VALE!!>>
<<XLoRemata: VAS A MORIR!>>
<<MuerteInvisible: Técnicamente, sí. Bueno, todos moriremos algún día. Pero ahora mismo sois más bien vosotros los que estáis muriendo>>

16 jugadores en deathmatch BOSQUENEGRO del Planeta Amigo.
Deathmatch BOSQUENEGRO comienza en 5...
4...
3...
2...
1...
MuerteInvisible ha matado a XLoRemata.
MuerteInvisible ha matado a Monstruoflipao.
<<Monstruoflipao: en serio, NO TIENE GRACIA. Dejanos en paz>>
<<MuerteInvisible: Lo siento... Pero va a ser que no>>

16 jugadores en deathmatch DESIERTO1 del Planeta Amigo.
Deathmatch DESIERTO1 comienza en 5...
4...
3...
2...
1...
MuerteInvisible ha matado a Monstruoflipao.
MuerteInvisible ha matado a XLoRemata.
<<XLoRemata: EL ADMIN TE VA A BANEAR POR TRAMPOSO>>
<<MuerteInvisible: Y YO OS VOY A MATAR POR FEOS>>

CLAUDIA

Al final, se rindieron:

REGISTRO DE CHAT DE METAWORLD

16 jugadores en deathmatch SELVA1 del Planeta Amigo.
Deathmatch SELVA1 comienza en 5...
4...
3...
2...
1...

MuerteInvisible ha matado a XLoRemata.
MuerteInvisible ha matado a Monstruoflipao.
<<Monstruoflipao: paso>>
<<XLoRemata: y yo. vaya mier...>>

última matanza (y la más ida de la olla)

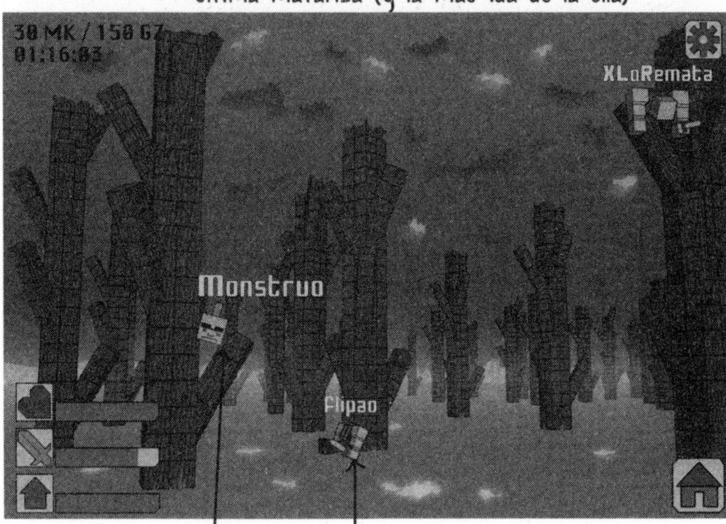

CLAUDIA

En términos de La Guerra, fue una gran victoria. Había expulsado a mis enemigos (por pura desesperación) del campo de batalla. Tenía que estar contenta.

Y al principio lo estaba y mucho. Pero cada vez que volvía a matarlos, me parecía un poco menos divertido. Era como cuando te comes diez copas de helado. Al cabo de un rato, sigue estando bueno pero de pronto tanto helado se vuelve absurdo.

Y eso me frustraba. Porque yo solo quería sentir la venganza cumplida por la pesadilla de «La canción del chaleco». Y al abandonar MetaWorld, no la sentía. Sentía como un puarj.

técnicame
no exist
(pero debe

Por eso decidí ir a la habitación de al lado a ver a Reese en persona, porque pensé que a lo mejor si lo veía en horrible agonía, podría disfrutar algo más del momento.

Y entonces fue cuando todo el asunto de MuerteInvisible empezó a ponerse feo.

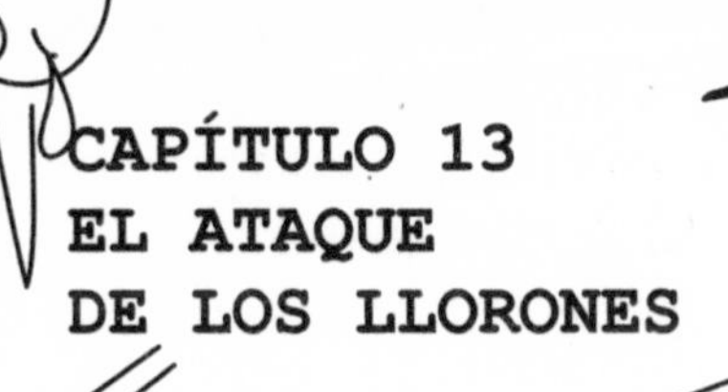

CAPÍTULO 13
EL ATAQUE DE LOS LLORONES

CLAUDIA

Cuando entré en la habitación de Reese, estaba amorrado a su portátil, escribiendo a golpes de teclado un mensaje de ClickChat mientras gritaba a Xander por FaceTime.

Yo dije: «¡Hey, Reese! ¿Qué haces?».

Y él dijo algo así: «¡AHORANOPUEDOHABLAR GRANCRISISENPLANETAAMIGO!».

Empecé a decir: «¿Te puedo ayudar en algo?». Pero antes de acabar siquiera mi pregunta, él soltó: «¡HACKERSFINLANDESESNO PUEDENIRENSERIOOOO OMG!».

Preferí retirarme y contemplar el desenlace de lejos.

REESE

Xander y yo estábamos megaenfadados. ¡Es completamente ilegal ser invisible en un combate a muerte! De entrada, ¡en el Planeta Amigo NO EXISTE la invisibilidad!

Supusimos que MuerteInvisible era un hacker o algo así y que teníamos que avisar a Akash corriendo. Tiene una cuenta en

Clickchat para los temas de administración que se llama «DiosAmigo», y le escribimos allí para contarle lo que pasaba.

COMENTARIOS EN EL MURO PÚBLICO DE «DIOSAMIGO» EN CLICKCHAT

MONSTRUOFLIPAO AKASH TENEMOS GRAVE PROBLEMA

XLoRemata TIENES K BANEAR A MUERTEINVISIBLE

DiosAmigo ¿Por qué?

XLoRemata POR SER INVISIBLE

MONSTRUOFLIPAO NOS DESTROZA LOS COMBATES A MUERTE. PODRIA SER PROBLEMA INPORTANTE SEGURADAD AMIGO

también PROBLEM INPORTAN ORTOGRA DE REES

DiosAmigo ¿Podéis quitar las mayúsculas y dejar de gritar?

MONSTRUOFLIPAO Perdon

XLoRemata tienes k banearlo ya

MONSTRUOFLIPAO puede q murteinvisble haya hakeado todo tu planeta

DiosAmigo ¿Quién es «muerteinvisible»?

MONSTRUOFLIPAO Ni idea. Creo q es finlandés. Cuando vamos a los combates a muerte nos mata enseguida

DiosAmigo A lo mejor es que es muy bueno en los combates a muerte

XLoRemata Es INVISIBLE!!! Es ilegal!!!

DiosAmigo Lo miraré este fin de semana

XLoRemata xk no ahora???

DiosAmigo Los caminos del Señor son inescrutables. Y además mañana tiene examen de historia

REESE

Xander y yo flipamos un poco al ver que Akash no se cagaba con lo de MuerteInvisible. Nos parecía bastante grave. Y cuando al día siguiente se lo dijimos a todo el mundo en el cole, resultó que un montón de gente también había sufrido sus ataques en el Planeta Amigo.

CLAUDIA

Aquí es donde todo se desmadró. Yo lo único que había hecho como MuerteInvisible había sido ir aquella noche a matar unas cuantas veces a Reese y a Xander.

Y YA ESTÁ.

Sin embargo, MuerteInvisible se había convertido de repente en el hombre del saco, el culpable de todo lo que le había pasado a todo el mundo en la historia de Internet.

AKASH

Tenía que haber aceptado banear a MuerteInvisible enseguida. Pero aquella semana tenía tanto por hacer que no quise liarme más. Y, al ignorarlos, todos los de primero me montaron un pollo.

COMENTARIOS EN EL MURO PÚBLICO DE «DIOSAMIGO» EN CLICKCHAT

XLoRemata SI MUERTEINVISIBLE TAMBIEN TE HA GRIFEADO A TI, DILO AQUI

MONSTRUOFLIPAO Mata a la gente en los combates a muerte volviéndose invisible!!! Eso es trampa

XLoRemata y encima me robo 5.000 orros de mi cuenta seguro que fue el

namber_uan Ostras! A mí me ha matado invisiblemente en batallas mortales varias veces

bryce_thompson a mí creo que me ha estropeado el ordenador

KillKill a mí me han robado orro de la cuenta

buhovigilante MuerteInvisible me ha hakeado Itunes!! Mi padre ha tenido que cambiar num tarjeta

batman_soy_yo Yo soy MuerteInvisible

namber_uan calla James. Tú no eres MuerteInvisible

bryce_thompson yo diría que MI es uno de los finlandeses

MONSTRUOFLIPAO yo tambien creo q es finlandés

Wenzamura Creo q MI arrasó mi castillo la semana pasada cuando yo no estaba conectado

Sabad02 creo q MI también me ha hakeado. Mi cuenta va megalenta

batman_soy_yo mamá miedo, MuerteInvisible me quiere pegar

namber_uan calla James

KillKill MI peligroso deberíamos llamar a la poli

XLoRemata K TODO MUNDO DIGA A AKASH K TIENE K BANEAR A MUERTEINVISIBLE!!!

CLAUDIA

Reese se puso tan histérico con lo de MuerteInvisible que hasta contagió a mis padres.

NUESTROS PADRES (Mensajes del móvil)

Reese dice q unos hackers finlandeses han entrado en nuestra red. Deberías cambiar todas tus contraseñas

Q???

Yo tampoco lo entiendo

En serio me tengo q preocupar por esto?

No estoy segura. Creo q sí

Aquellos viejos tiempos en los q solo nos preocupaban los atracadores del metro

AKASH

Aquello no había quien lo aguantara. Tenía dos exámenes, un trabajo de cinco páginas para el viernes, más preparar la prueba de acceso para el año que viene, más los ensayos de la obra. Con aquel estrés y se me tiran encima esos pesados con mensajes cada cinco minutos para que baneara a MuerteInvisible, que «les había destrozado la vida». Y, como no les hice caso, me acosan por los pasillos del cole.

Era una auténtica plaga de idiotas con camisetas de fútbol.

CLAUDIA

Lo siento, es culpa mía que se te echaran todos encima.

AKASH

Supongo que sí. Pero no me enfadé contigo, sino con ellos.

Es que era la cuestión de fondo la que me indignaba: ¡yo había construido el planeta! Llevaban jugando gratis en él desde el mes de enero, y ni uno de ellos me ha dado nunca las gracias. ¡Y va y de pronto se ponen a mandarme como si fuera su esclavo!

Y algunos de ellos se pusieron realmente BORDES. Tu hermano se portó… no sé, normal. Pesado de nivel bajo. Pero ese bestia de Xander no paraba de decir *[VOZ DE PERSONA EXTREMADAMENTE TONTA]*: «Man, AK57, Kalasnicof ¡tienes que zumbarte a ese tipo, bro!».

Pero ¿quién habla así?

Si ni siquiera sabe escribir «kalashnikov», ¡y no es AK57, es AK47!

¡Menudo imbécil! ¿De verdad que tiene antepasados en el Mayflower?

CLAUDIA

Creo que sí.

AKASH

Pues qué triste. Este país no ha dejado de ir a peor en los últimos cuatrocientos años.

¡Y se quejaba de que le habían robado 5.000 orros de su cuenta! Eso es imposible, pero es que ni siquiera es dinero de verdad. ¡Tío… lo inventé yo! ¡NO VALE NADA!

La gota que desbordó el vaso fue cuando Xander me envió un mensaje a las once de la noche. Me enfadé tanto que pensé en hacer saltar el Planeta Amigo por los aires.

Ahí es cuando decidí dejar de ser un dios justo y pasar a ser un dios vengativo.

CLAUDIA

Akash se enfadó tanto con Reese y Xander que me pidió que hiciera lo que yo había querido hacer desde el principio: destruir todo lo que tenían en el Planeta Amigo.

Al principio no estaba segura de querer hacerlo. Matarlos en los combates no me había sentado ni la mitad de bien de lo que esperaba, y aún no sabía por qué.

Pero, cuando lo pensé un poco, decidí que el problema era que los combates no eran lo bastante reales. Cada vez que mataba a Reese y a Xander reaparecían en sus enormes castillos. Ni siquiera perdían orro. Dejando aparte su paranoia con MuerteInvisible, cuando salían del juego, era como si no hubiera pasado nada.

Sin embargo, yo todavía estaba tan traumatizada por el terrorífico episodio de «La canción del chaleco» que estaba convencida de que tardaría años de terapia en superarlo.

Por eso pensé que la única forma de que se hiciera justicia era ANIQUILAR POR COMPLETO a Reese y a Xander: matar a todos sus soldados, quemar sus castillos y hacer que el único recuerdo de los cientos de horas que se habían pasado construyendo sus estúpidos imperios Amigo fueran sus lágrimas amargas.

Soy consciente de que parece un poco psicótico, pero, cuando ya llevas cierto tiempo en guerra, te afecta a la cabeza. Si no tienes cuidado, puedes acabar convencida de que algo claramente psicótico no solo es normal, sino incluso inteligente.

Además, dios me mandó hacerlo. Y, por tanto, mal no debía de estar.

(dios de Amigo, NO Dios de verdad)

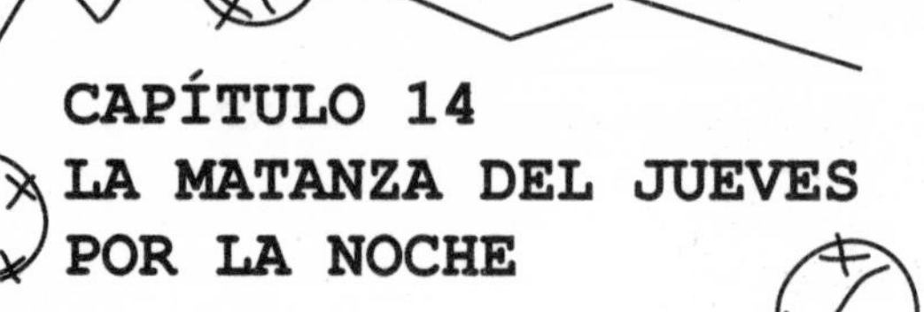

CAPÍTULO 14 LA MATANZA DEL JUEVES POR LA NOCHE

CLAUDIA

Primero, Akash hizo que fuera imposible matar a MuerteInvisible. Luego me dio mil bombas incendiarias y una escopeta con munición ilimitada.

Le pedí rayos láser para disparar por los ojos, pero volvió a negarse.

AKASH

No sé por qué te empeñabas tanto en lo de los rayos láser. En el Planeta Amigo la gente solo tiene espadas y flechas, o sea que tú con las bombas y la escopeta tenías más que suficiente para lograr el dominio táctico.

CLAUDIA

Bueno, da igual. Como quería que Reese y Xander estuvieran conectados para ver cómo los borraba del mapa, creé una cuenta de MuerteInvisible en ClickChat y los busqué en el muro de DiosAmigo:

COMENTARIOS EN EL MURO PÚBLICO DE «DIOSAMIGO» EN CLICKCHAT

XLoRemata man, AK47 y lo de MuerteInvisible? Lo has baneado?
MuerteInvisible ¿Quién me llama?
XLoRemata ESTAS MUERTO!!!
MuerteInvisible Convoca a ese que llamas Monstruoflipao. Tengo una propuesta para vosotros
XLoRemata Espera ya enviado mensaje ya viene
XLoRemata Y ya me puedes ir devolviendo mis 5.000 orros o meto a la poli
MONSTRUOFLIPAO Ya estoy. QUIEN ERES??
MuerteInvisible Soy la Muerte, he venido a dictar mi sentencia final. ¿Qué os parece esta noche a las 8?
MONSTRUOFLIPAO q quieres decir?
MuerteInvisible Quedamos delante del castillo de Monstruoflipao en el Planeta Amigo a las 8. Traed a vuestros soldados
MONSTRUOFLIPAO antes dinos quien eres
XLoRemata antes devuelveme mis 5.000 orros
MuerteInvisible Xander, calla de una vez con lo de los 5.000 orros. Yo no los he cogido
XLoRemata COMO SABES QUIEN SOY???
MuerteInvisible Lo sé todo. Además está en tu página, burro. ¿Quedamos esta noche o no?
XLoRemata NO PODMOS LUCHAR PORQUE HACES TRAMPAS
MuerteInvisible ¿Yo trampas? ¿Por?
XLoRemata PK ERES INVISIBLE LO PILLAAAAAS?

MuerteInvisible Me quitaré la capa de invisibilidad y me mostraré ante vosotros esta noche a las 8 delante del castillo de Monstruoflipao. NO FALTÉIS.
MONSTRUOFLIPAO ¿las 8 d la noche d tu hora o la nuestra?
MuerteInvisible ¿A qué te refieres?
MONSTRUOFLIPAO no estas en Finlandia?
MuerteInvisible No. A las 7 hora local, de NYC
MONSTRUOFLIPAO ok

REESE

Cuando MuerteInvisible nos retó en ClickChat, Xander y yo pasamos a modo guerra total. Gastamos todo el orro que teníamos en más soldados y armas mejores. A las ocho de la noche teníamos casi 600 soldados con coraza de acero y espadas de platino.

Y nos pusimos a esperar ante mi castillo para darle una paliza a MuerteInvisible.

CLAUDIA

MetaWorld tiene millones de opciones para los avatares, por lo que estuve un buen rato intentando decidir cómo sería MuerteInvisible. Al final elegí una niña rubia con coletas, vestido azul con lunares amarillos y ojos grandes y oscuros que me hacían parecer salida de un manga.

Era monísima. Y tan pequeñita que mi escopeta me doblaba en tamaño.

mi avatar
(la escopeta no sale)

Me pareció una idea muy buena, porque imaginé que, cuanto más pequeñita e indefensa pareciera, más devastador sería para Reese y Xander ver a mi niñita mona aniquilar a sus ejércitos y quemar sus castillos.

Esta fue su reacción cuando aparecí un par de minutos después de las ocho. Su ejército era tan grande que parecía que tuvieran detrás un bosque de cabezas.

REGISTRO DE CHAT DE METAWORLD

<<Monstruoflipao: tu eres MuerteInvisible?>>
<<XLoRemata: JA JA JA JA MENUDA PINTA RIDICULA>>
<<Monstruoflipao: pareces niña 6 años>>
<<MuerteInvisible: ¿Y si lo soy?>>
<<XLoRemata: ESTAS MAS K MUERTA>>
<<Monstruoflipao: no tienes ni soldados!>>
<<XLoRemata: TE VA A DOLER MUCHO>>
<<Monstruoflipao: eso es una escopeta?>>
<<MuerteInvisible: Sí, es una escopeta. ¿A que es chula?>>
<<XLoRemata: ARMAS FUEGO PROHIBIDAS EN PLANETA AMIGO>>
<<Monstruoflipao: en serio no se pueden tener>>
<<MuerteInvisible: Pues yo... la tengo>>
<<XLoRemata: DEJA EL ARMA NIÑA>>
<<MuerteInvisible: Vaya. Mi escopeta ha decidido que no le caes bien>>
MuerteInvisible ha matado a XLoRemata.
<<Monstruoflipao: OMG!>>
MuerteInvisible ha matado a Monstruoflipao.

CLAUDIA

Matarlos esa primera vez me sentó casi tan bien como cuando lo hice en el primer combate a muerte. Pero no tuve mucho tiempo para disfrutarlo, porque, en cuanto maté a Reese y a Xander, sus cuerpos se disolvieron, y mientras reaparecían en sus castillos su ejército entero se echó sobre mí.

La verdad es que ver a todos los soldados (600 o los que fueran) sacando las espadas al mismo tiempo fue espectacular, pero el corazón se me disparó un poco del susto.

Empezaron a correr todos a la vez hacia mí y tuve que empezar a disparar.

Todo fue muy deprisa, de locos. Se me llenó toda la pantalla de soldados asestándome espadazos, pero Akash me había hecho invencible y no me hacían nada. Estaban tan cerca que ni siquiera tenía que apuntar, bastaba con pulsar una y otra vez la «D» para disparar y la «R» para recargar.

Había píxeles rojos de sangre volando por todas partes, y los cuerpos empezaron a apilarse tan alto que tuve que retroceder para que cupieran más.

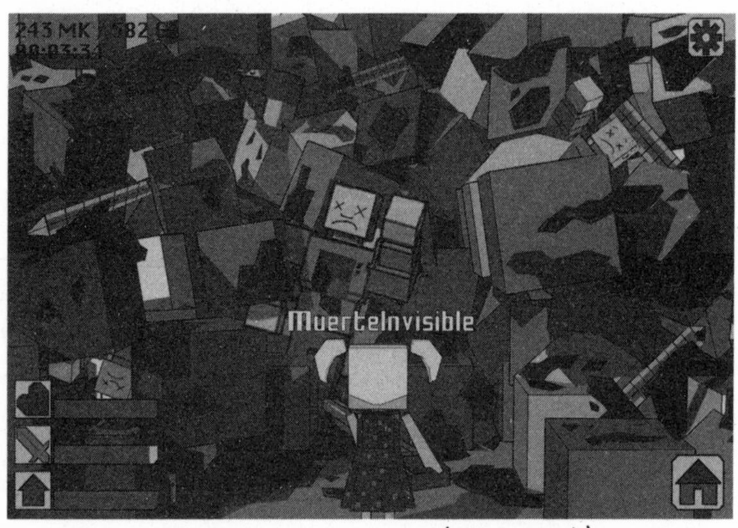

captura de pantalla a mitad de matanza (una carnicería)

Creo que le estuve pegando demasiado fuerte a los botones de disparar y recargar, porque enseguida empezaron a dolerme los antebrazos.

Cada diez segundos o así, el registro del chat indicaba cuántos soldados acababa de matar. Estaba en torno a los cien cuando Reese y Xander volvieron.

Yo no los podía ver porque tenía la pantalla llena de soldados y sangre de píxel. Pero se pusieron a alucinar en el chat:

REGISTRO DE CHAT DE METAWORLD

MuerteInvisible ha matado a 21 NPC de Monstruoflipao.
MuerteInvisible ha matado a 14 NPC de XLoRemata. <<Monstruoflipao: NO PUEDES HACER ESTO>>
<<Monstruoflipao: ARMAS FUEGO PROHIBIDAS>>
<<Monstruoflipao: PARA>>
<<Monstruoflipao: YA>>
<<Monstruoflipao: POR FAVOR>>
MuerteInvisible ha matado a 17 NPC de Monstruoflipao.
MuerteInvisible ha matado a 24 NPC de XLoRemata.

<<Monstruoflipao: EN SERIO NO VALE>>
<<XLoRemata: man ya he vuelto>>
<<Monstruoflipao: hay q pararlo esta matando a todos nuestros soldados>>
<<XLoRemata: tengo plan abre FaceTime>>
<<Monstruoflipao: ok>>
MuerteInvisible ha matado a 32 NPC de Monstruoflipao.

CLAUDIA

A los pocos segundos oí a Reese al otro lado de la pared, gritándose con Xander por FaceTime. El plan de Xander debía de ser rodearme y atacarme por detrás.

Un plan brillante.

(Me he puesto sarcástica. Me bastó con darme la vuelta y matarlos.)

REGISTRO DE CHAT DE METAWORLD

<<Monstruoflipao: NO ESTAS MUERTO?? T HE ACERTADO 20 VECES>>
MuerteInvisible ha matado a XLoRemata.
MuerteInvisible ha matado a Monstruoflipao.

CLAUDIA

Tenía calambres en la muñeca de tanto golpear las teclas una y otra vez, y empecé a asustarme ante la idea de que, si tenía que disparar a los 600 soldados, acabaría con síndrome de túnel carpiano y me quedaría lisiada de por vida.

Por suerte, en ese momento me acordé de las bombas incendiarias. Empecé a lanzárselas a los soldados, y la cosa cambió RADICALMENTE.

REGISTRO DE CHAT DE METAWORLD

MuerteInvisible ha matado a 42 NPC de Monstruoflipao.
MuerteInvisible ha matado a 31 NPC de XLoRemata. <<Monstruoflipao: NOOOOOOOOOO>>
<<XLoRemata: NO MOLA NADA!!!>>
<<Monstruoflipao: TREGUA!>>
<<Monstruoflipao: POR FAVOR!>>
MuerteInvisible ha matado a 37 NPC de Monstruoflipao.
MuerteInvisible ha matado a 54 NPC de XLoRemata.

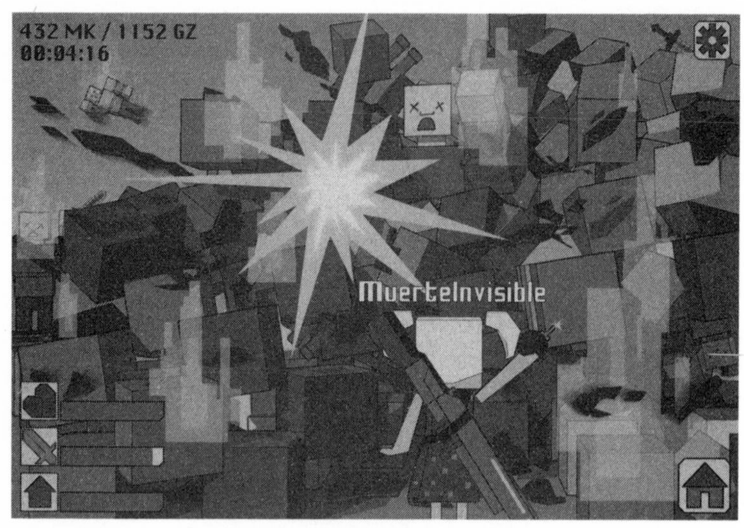

bombas incendiarias = locura

CLAUDIA

Oía a Reese en la habitación gritando «¡NOO!» y «¡NO ME LO CREO!».

Entonces Xander abandonó.

REGISTRO DE CHAT DE METAWORLD

<<XLoRemata: tio tengo q salir>>
<<Monstruoflipao: *Q???*>>
MuerteInvisible ha matado a 26 NPC de Monstruoflipao.
MuerteInvisible ha matado a 31 NPC de XLoRemata.
<<XLoRemata: tengo deberes>>

<<Monstruoflipao: TU NUNCA HACES DEBERES>>
XLoRemata ha salido.
<<Monstruoflipao: NO XANDER!!!>>
MuerteInvisible ha matado a 53 NPC de Monstruoflipao.

REESE

Hay veces que no es tan guay ser amigo de Xander. Como esa vez.

Me quedé totalmente frikado de que me abandonara de aquella manera.

no es una palabra real (pero supongo que significa "muy triste")

CLAUDIA

Imagino que Xander también salió del FaceTime, porque oí a Reese gritar «¡XANDEEER!» un par de veces, sin acabar de creérselo.

Luego dejó de gritar y se puso a gemir, muy alto, con lamentos largos, como de vaca moribunda.

La verdad es que deprimía bastante. Mientras tanto, todos sus soldados ya estaban muertos, así que me puse a lanzar bombas incendiarias contra su castillo.

REGISTRO DE CHAT DE METAWORLD

<<Monstruoflipao: PIDO TREGUA POR FAVOR!>>
<<Monstruoflipao: NO ME QUEMES EL CASTILLO, T LO SUPLICO!!!>>
<<Monstruoflipao: T DARÉ MUCHOS ORROS!!!!>>

CLAUDIA

Los lamentos y las súplicas de Reese estaban empezando a afectarme. Ya ni tenía ganas de burlarme de él.

De manera que maté a su avatar para poner fin a su sufrimiento.

REGISTRO DE CHAT DE METAWORLD

<<Monstruoflipao: POR FAVOOOOOORRR!!!
MuerteInvisible ha matado a Monstruoflipao.

CLAUDIA

Después de aquello, ya no volvió. Pero su castillo era tan grande que necesité casi treinta bombas incendiarias para quemarlo.

Seguía oyendo a Reese gimiendo en su

habitación. Supuse que mi madre (que aquel día había vuelto antes) entró a ver qué pasaba, porque los gemidos se pararon y oí que hablaban. No podía distinguir lo que decían, en parte porque tenía que seguir dándole a la tecla T para lanzar las bombas. Pero estaba claro que Reese estaba disgustado y que mamá intentaba consolarlo.

Yo ya me sentía superfatal. Emocionalmente, matar a medio millar de soldados, por mucho que sean de mentira y parezcan figuritas de Lego —y aun siendo una venganza totalmente justificable— tiene aún menos gracia que matar el avatar de alguien diecisiete veces seguidas en un combate a muerte.

Quemar un castillo gigantesco también te hace sentir fatal. Sobre todo si es el castillo de tu hermano gemelo y él no deja de lamentarse en la habitación de al lado.

Por no hablar de los calambres que te dan en el brazo, lo que hace que encima sea físicamente doloroso.

Pero yo soy de las que cuando empiezan una cosa la terminan. Seguí lanzando bombas hasta que me salió este mensaje:

REGISTRO DE CHAT DE METAWORLD

MuerteInvisible ha quemado el castillo de Monstruoflipao.

CLAUDIA

Para entonces ya no se oían voces en la habitación de al lado. Había tanto silencio que podía oír el runrún del tráfico de West End Avenue.

Me quedé allí sentada un rato, mirando la pantalla. Todos los cuerpos y la sangre de los soldados se habían disuelto. En el Planeta Amigo solo quedaba un agujero calcinado donde antes había un castillo.

Cuanto más lo miraba, más asco me daba a mí misma.

Así que me dirigí a la cocina para comerme un pastelito, que es lo que me suele ayudar cuando estoy depre.

Reese y mamá estaban sentados a la mesa. A Reese se le veía de verdad muy triste, como si acabara de llorar. Mamá le frotaba la espalda diciendo: «Pero, cariño, ¿no pasa eso siempre en los videojuegos?».

Y Reese, con una voz minúscula y temblorosa, dijo: «No lo entiendes. ¡Me costó TANTO hacerlo! ¡Y ya NO ESTÁ! Porque hizo TRAMPA...».

Y se puso a llorar flojito.

Era terrible. Se suponía que tenía que ser mi momento de la victoria. ¡Yo había ganado La Guerra! Pero no me sentía victoriosa. Me sentía asquerosa.

Saqué la caja de pastelitos del armario, pero solo quedaba uno.

—Reese —dije—, ¿quieres el último pastelito?

Sorbió con la nariz y contestó: «No, te lo puedes comer».

—Pero te toca a ti —le dije.

—No, está bien, cómetelo —respondió.

Y eso me hizo sentir aún peor.

Porque aunque mi hermano puede ser muy pesado, en el fondo es bueno. Y, por mucho que hacerle sentir mal fuera totalmente justo teniendo en cuenta lo que él y Xander me habían hecho a mí, la verdad es que no estaba bien.

En lugar de comerme el pastelito, me fui a mi habitación a escribir a Akash:

CLAUDIA Y AKASH (Mensajería directa de ClickChat)

¿Hay alguna forma de restaurar el castillo y los soldados de Reese?

¿Lo has destruido todo?

Sí, pero ahora me siento fatal

¿Lo de Xander también?

No. Se fue antes de que acabara

Destruye a Xander y veremos qué se puede hacer

Buf. ¿En serio?

Sí, en serio. Tienes que destruir el castillo de Xander

Preferiría olvidarlo todo

Tú y yo tenemos un trato. Prometiste destruirlos a los dos

Pero es que al final destrozar cosas es un asco. ¿No puedes volver a ponerlo todo donde estaba?

Lo siento. Hiciste un trato con el demonio y tendrás que sufrir las consecuencias

¡¿EL DEMONIO?! Creía que eras dios

¡Sorpresa! Soy los dos a la vez

AKASH

La verdad es que mi intención SIEMPRE fue restaurarlo todo como estaba.

CLAUDIA

¿En serio?

AKASH

¡Claro! Soy un dios justo. Y los jugadores de mi servidor son mis hijos. Incluidos los bestias.

Cuando hice que fuera imposible que te mataran, también lo programé para que en 48 horas todo lo que hubieras matado o quemado se restaurara automáticamente.

CLAUDIA

¿POR QUÉ NO ME LO DIJISTE? ¡Me habría ahorrado todo aquel mal trago!

AKASH

Porque TENÍAS que pasar el mal trago. Para que vieras por ti misma que la destrucción y la venganza desatadas no resuelven nada. Y tu hermano y ese idiota de Xander tenían que aprender a apreciar lo que tienen, aunque sea solo en un servidor. Y que para ellos también existe el karma y, si se meten con alguien *online*, también alguien se podrá meter con ellos.

En resumen, los tres teníais un montonazo de lecciones por aprender.

CLAUDIA

Supongo que sí… Eres muy sabio, ¿lo sabías?

AKASH

Bueno, SOY dios.

no literalmente, solo en el Planeta Amigo

CLAUDIA

Muy bueno.

Pues yo ya aprendí la lección. La Guerra me convirtió en una psicópata y no estoy nada orgullosa.

NUNCA volveré a entrar en guerra con nadie. A menos que se lo merezca mucho.

Y, en ese caso, antes montaré una coalición (a través de Naciones Unidas o de los que se sientan conmigo a almorzar, por ejemplo) para tener aliados que controlen mi comportamiento y me impidan convertirme en una psicópata.

Fue una lección muy importante. Y me gustaría señalar que la había aprendido INCLUSO ANTES de que todo me explotara en la cara de una forma espectacularmente horrible.

CAPÍTULO 15
LA CATÁSTROFE DEL VIERNES POR LA MAÑANA

CLAUDIA

Como estaba demasiado quemada para volver a entrar MetaWorld, me acosté y avancé media hora el despertador para poder quemar el castillo de Xander antes de ir al cole.

Cuando encendí el ordenador a la mañana siguiente, fui primero a ClickChat. Por pura costumbre.

Estaba Sophie, preguntando si se ponía o no sus nuevos calcetines de dedos:

COMENTARIOS EN EL MURO PÚBLICO DE «SOPHIE_K_NYC» EN CLICKCHAT

sophie_k_nyc ¿Hace bastante frío para ponérmelos?

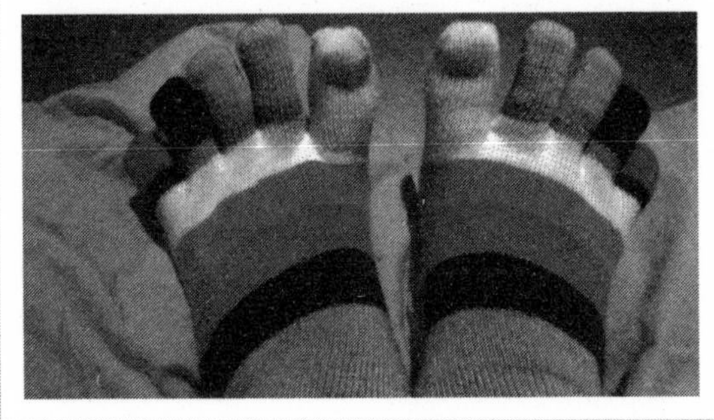

laguti_guay Me encantaaaaaaaaan!!!
sophie_k_nyc ¿Pero crees que los puedo llevar? Hará máx 18°
Parversa Y?
sophie_k_nyc Si no hace frío me sudarán los dedos
Parversa NO SIGAS!
laguti_guay en serio!
sophie_k_nyc Póntelos... para presumir hay que sufrir... ja ja ja
Parversa luce pies!

CLAUDIA

Yo también escribí una respuesta, pero cuando la iba a enviar, apareció un comentario de Xander en el muro de Sophie.

Como toda la culpa que sentía por haber destruido el castillo de mi hermano NO INCLUÍA a Xander, que es un desgraciado que se merece todo lo que le hagan, decidí aprovechar que estábamos los dos en ClickChat para tomarle un poco el pelo.

Mandé muy deprisa mi comentario a Sophie y salté de mi cuenta habitual «claudaroo» a mi cuenta «MuerteInvisible».

Pero resultó que el día antes no había cambiado de cuenta después de chatear con Xander y Reese. De manera que en el muro de Sophie apareció esto:

COMENTARIOS EN EL MURO PÚBLICO DE «SOPHIE_K_NYC» EN CLICKCHAT

Parversa luce pies!
XLoRemata y a kien le importan tus apestosos pies?
sophie_k_nyc Xander, no hagas que te vuelva a bloquear
MuerteInvisible ¡OMG! Son perfectos! ¡Llévalos!
sophie_k_nyc ¿eh? ¿Quién es MuerteInvisible?
XLoRemata QUEEEEEE ????

CLAUDIA

Como salté de una cuenta a otra tan deprisa, no vi las respuestas de Sophie y Xander.

Y no me di cuenta de que estaba utilizando la cuenta que no era… y puse esto en el muro de Xander:

COMENTARIOS EN EL MURO PÚBLICO DE «XLOREMATA» EN CLICKCHAT

claudaroo Iré a por ti, Xander. Iré a destruirte. Te quemaré la casa y mataré a todos los que estén allí y te dejaré sin nada, solo el recuerdo amargo de cómo saliste corriendo como un cobarde y abandonaste a tu amigo. ¿Creías que escapando podrías salvarte? ¿Creías que yo iba a olvidarlo? Sé dónde vives, Xander. Disfruta de este día. Porque será el último. VAS A MORIR EN LAS LLAMAS DE MI VENGANZA.

CLAUDIA

Tardé tanto en escribir mi gracia que ya no me quedaba tiempo para quemar el castillo de Xander, de manera que le di al intro y me preparé para el cole.

Y por eso tampoco vi la respuesta de Xander:

COMENTARIOS EN EL MURO PÚBLICO DE «XLOREMATA» EN CLICKCHAT

XLoRemata CLAUDIA ESTAS MUERTAA! #TolaranciaCeroNena

CLAUDIA

Estaba en clase de mates cuando me vino a buscar la señora Bevan.

JOANNA BEVAN, subdirectora del colegio Culvert

Sé que parece excesivo. Pero, como ya dije, ese es el problema de las políticas de «tolerancia cero». Con mi cargo, me deja las manos atadas.

Si aplicamos literalmente la tolerancia cero para casos de ciberacoso, en cuanto alguien me presenta pruebas de un incidente, no puedo tomar en cuenta el origen ni el contexto ni ningún otro matiz.

Tengo que aplicar la ley y basta.

Cuando Xander Billington me enseñó impreso lo que salía en su muro de ClickChat, no tuve otra alternativa.

Tenía que expulsarte temporalmente.

Lo siento, Claudia.

CLAUDIA

Yo también lo siento, señora Bevan.

Ha sido una experiencia de aprendizaje muy valiosa.

NUESTROS PADRES (Mensajes del móvil)

T HA LLAMADO LA SRA BEVAN DEL CULVERT?

No, por?

EXPULSIÓN TEMPORAL DE CLAUDIA

Querrás decir d REESE

NO, CLAUDIA

DIOS! POR QUÉ?

CIBERACOSO CONTRA XANDER BILLINGTON

¡Paren este mundo, q me bajo!

CAPÍTULO 16
TIEMPOS DE PAZ

CLAUDIA

Pero no solo me expulsaron un día entero.

Y no solo la señora Bevan llamó a mis padres y me metió en un buen marrón en casa.

Además, ahora tengo antecedentes penales.

Porque, según la política de tolerancia cero del Culvert, el colegio tiene que informar a la policía de cualquier amenaza de violencia física. Y, según Xander, lo que yo escribí en su muro era una amenaza de violencia física.

Aunque en realidad fuera solo una amenaza de violencia DIGITAL.

Y aunque, gracias a Akash, pronto desaparecería.

Y aunque nunca hice realidad la amenaza.

Porque, de verdad, ¿para qué? Ya tenía bastante. Estaba harta.

Y cuando el programa de Akash restauró automáticamente el castillo y los soldados de Reese, mi hermano estaba tan contento que se puso a correr por el piso gritando «¡SKADUBIDUBI DUUU!» y «¡REQUETEFLIPEEEE!».

Supongo que eso para Reese era el equivalente de cuando terminó la Segunda Guerra Mundial y todo el mundo salió a Times Square a ligar con marineros.

La Guerra había terminado.

Yo había perdido.

Lo único que me gustaría es que Akash pudiera entrar en mi vida a borrar toda la historia como si no hubiera pasado.

REESE

No lo pillo. Si deseas que nunca hubiera pasado, ¿por qué escribes todo un libro sobre eso?

CLAUDIA

¡Para que todo el mundo entienda que es culpa tuya!

REESE

Pero es que no lo era.

CLAUDIA

Sí lo era.

REESE

No, no lo era. Lee el libro si no me crees.

CLAUDIA

¿TÚ lo has leído?

REESE

No.

Lo siento. Pero lo leeré. Algún día.

Aunque NO me hace falta. ¡Yo estaba ahí! Desde el día del pastelito…

CLAUDIA

Pero si no…

No era…

Mira…

TENGO que poder explicar… que lo de los antecedentes penales… NO FUE CULPA MÍA.

REESE

¿A quién se lo tienes que explicar?

CLAUDIA

¡A la gente!

REESE

¿Qué gente?

CLAUDIA

¡A la gente del futuro!

REESE

No entiendo de qué hablas.

CLAUDIA

¡Claro que no! ¡Porque tú lo único que quieres hacer en la vida es ser futbolista profesional!

Y a nadie le importa si un futbolista tiene antecedentes. ¡Seguro que TODOS tienen! ¡Pero YO NO PUEDO TENERLOS!

REESE

¿Por qué no?

CLAUDIA

Porque… da igual.

REESE

¿Es por lo de que quieres ser presidenta?

CLAUDIA

¡No!

REESE

¿En serio?

¿EN SERIO?

CLAUDIA

Vale, sí.

Pero no te burles de mí solo porque me pongo metas altas.

REESE

¡Pero si no me burlo! Creo que está muy guay.

CLAUDIA

¿De verdad?

REESE

¡Sí! ¿Sabes lo increíble que sería para mí que mi hermana fuera la presidenta del país? Podría pasearme por la Casa Blanca cuando quisiera…

CLAUDIA

Cuando quisieras no.

REESE

¡Anda ya!

CLAUDIA

Alguna vez seguro. Pero no cada día o cosas así.

Reese puede pasearse por aquí (pero solo de vez en cuando)

Pues eso: si tengo antecedentes penales, seguro que alguien lo saca en las primarias de New Hampshire, ¡y ya no saldré elegida!

REESE

¿Estás de broma? Cuando tengas edad para ser presidenta, TODO EL MUNDO tendrá antecedentes penales.

CLAUDIA

¡Qué dices!

REESE

Lo digo en serio. He oído decir que Estados Unidos es el país del mundo que mete a más gente en la cárcel. O sea que, tarde o temprano, TODOS habremos pasado por la cárcel.

CLAUDIA

Te das cuenta de que lo que dices es una burrada, ¿verdad?

REESE

Lo que quieras, pero igualmente te votarán. Eres muy brillante. Eres… la persona más inteligente de la clase.

CLAUDIA

¿De verdad lo piensas?

REESE

¡A ver si no! Está claro.

CLAUDIA

Qué bien que me digas algo así de bonito.

REESE

Es que es verdad. Por mucho que te odie, no puedo negar que eres increíble.

CLAUDIA

Gracias, Reese.

Y tú eres una buena persona, ¿lo sabías?

REESE

No sé, a lo mejor.

CLAUDIA

Eres tan majo que cuesta mucho estar en guerra contigo. Es como estar en guerra con un golden retriever.

muy dificil
estar en guerra
con este

¡Buf!¡Qué desastre! Nunca tendría que haber metido aquel pescado en tu mochila.

REESE

Míralo por el lado positivo: de otra forma, nunca habrías sabido que le gustas a Jens.

CLAUDIA

¡¡¡¡¿¿¿¿QUÉEE????!!!!

REESE

Ah, pero ¿no lo sabías?

CLAUDIA

NO, ¡NO SÉ NADA! ¡CUÉNTAMELO TODO!

REESE

Bueno, pues después de lo de «La canción del chaleco» —de verdad que lo siento…

CLAUDIA

Vale, vale, continúa.

REESE

Pues estábamos unos cuantos metiéndonos con él en el entrenamiento. Y contestó: «No me importa. Tu hermana es guapa. ESPERO que la canción fuera sobre mí».

CLAUDIA

¡DIOSMÍODIMEQUEMEESTÁSTOMANDOELPELOYNODIJO ESO!

REESE

Sí que lo dijo, sí. En serio.

CLAUDIA

¡¡¡¿¿¿Cómo es que yo no me había enterado???!!! ¿Por qué no me lo dijiste?

REESE

Porque no me hablabas. Y cuando volviste a hablarme ya habían pasado semanas, y supongo que me olvidé.

CLAUDIA

Eres el mejor hermano del mundo.

REESE

Lo dices por decir.

CLAUDIA

También. Pero un poco sí que lo creo. Tengo que contárselo a Sophie. ¡Es BRUTAL!

REESE

Entonces ¿ya está? ¿Lo de la guerra? ¿Tregua?

CLAUDIA

Tregua. Total.

EPÍLOGO

(ahora sí que acabo)

CLAUDIA

Desde luego, se pueden extraer muchas lecciones importantes de La Guerra.

Pero ahora mismo no recuerdo cuáles, y he quedado con Sophie y Carmen en el Starbucks dentro de diez minutos para elaborar una estrategia para el tema Jens.

Así que intentaré resumirlo rápido:

Si tienes que meterte en una guerra, intenta que no sea con tu hermano gemelo. Porque, aunque ganes, te sentirás fatal, y cuando todo haya acabado, te darás cuenta de que, aunque pueda ser un completo imbécil y tenga muy mal gusto en cuestión de amigos, en el fondo es buena persona y puede que se preocupe por ti. Y tú tal vez también tendrías que cuidarte de él.

Por suerte, menos por lo de los antecedentes —y eso que Sophie cree que a lo mejor NI existen y que podría ser un farol de la señora Bevan, como cuando el señor Greenwald nos dice que va a mandar correos electrónicos a nuestros padres por hablar en clase de ciencias, pero luego nunca lo hace—, no pasó nada que no tuviera arreglo como consecuencia de esta Guerra en concreto.

Ahora que Reese y yo ya hemos hecho las paces, casi es como si no hubiera pasado.

Casi.

NUESTROS PADRES (Mensajes del móvil)

Mi abrigo huele a pescado

El mío también

FIN

AGRADECIMIENTOS

Nina Lipkind, Gage Jayko, Brittney Morello, Matt Berenson, Ronin Rodkey, Rahm Rodkey, Michael Frank, Amanda Newman, Lily Feldman, Amy Giddon, the Newman-Corré Family, Lisa Clark, Liz Casal, Andrea Spooner, Deirdre Jones y Josh Getzler.

CRÉDITOS FOTOGRÁFICOS

Todas las fotografías tienen el copyright © 2015 Geoff Rodkey, excepto las siguientes, reproducidas con permiso:

p. 1: United States Navy
p. 2: United Kingdom Government
pp. 8, 14, 15, 32, 69: Ronin Rodkey
pp. 21, 152: Ekler Vector/Shutterstock.com
p. 25: Amanda Newman
p. 31: Curtis Brown Photography
p. 36: Hulton Royals Collection/Getty Images
p. 42: antpun/Shutterstock.com
p. 51: Elizabeth Newman-Corré
p. 59: Erin Simon Berenson
p. 68: Currier & Ives N.Y.
p. 79: Express Newspapers/Getty Images
p. 84: cbpix/Shutterstock.com
p. 94: khuruzero/Shutterstock.com
p. 108: Vicke Andren
p. 110, arriba: Marsan/Shutterstock.com
p. 110, centro: Firma V/Shutterstock.com
p. 110, abajo: Tooykrub/Shutterstock.com
p. 112: smuay/Shutterstock.com
p. 152: Ekler Vector/Shutterstock.com
p. 176: National Archives and Records Administration (USA)
p. 201: Nina Lipkind
p. 208: Alfred Eisenstaedt/Getty Images
p. 213: Natalia Pushchina/Shutterstock.com
p. 215: Mat Hayward/Shutterstock.com

CRÉDITOS DE LAS ILUSTRACIONES

Liz Casal: pp. iii, 1, 3, 6, 14, 17, 18, 22, 29, 35, 38, 54, 65, 82, 89, 96, 105, 118, 119, 134, 151, 156, 158, 171, 180, 201, 207, 219
Lisa Clark: pp. 138, 142, 145, 148, 165, 169, 183, 185, 186, 190, 194
Chris Goodhue: p. 7

El autor

GEOFF RODKEY

Ha trabajado como guionista en cine y televisión, y ha escrito libros, aunque también revistas, monólogos humorísticos para teatro y hasta discursos para dos senadores norteamericanos. Su experiencia como guionista de películas cómicas, episodios para *Beavis y Butt-head* o series de Disney Channel, le da un punto de humor a toda su obra, que le ha valido una nominación a los premios Emmy. «Los gemelos Tapper» es la segunda serie de libros que escribe para niños.

Próximamente volverán

LOS GEMELOS TAPPER

Nuestra segunda aventura

Un gran revuelo hace temblar las calles de Nueva York: los gemelos Tapper lideran una búsqueda del tesoro por toda la ciudad para recaudar dinero por una buena causa. Todo el colegio se pone en marcha para conseguir puntos y ganar unas magníficas entradas del Madison Square Garden, pero… ¿conseguirán llegar a la meta con la dignidad (y su vida social) intacta?

¡Es tres veces más divertido y cinco veces más alocado que "Los gemelos Tapper se declaran la guerra"!
(Va en serio…)